Rura mihi, & rigui placeant in
vallibus amnes:
Flumina Amem, silvasque in-
glorius.

CLIMENE.

EGLOGUE I.

A MONSIEUR

Le Marquis de Montauzier.

TYRCIS mouroit d'amour pour la belle
CLIMENÉ,

Sans que d'aucun espoir il pust flatter sa peine :

Ce Berger accablé de son mortel ennuy,

Ne se plaisoit qu'aux lieux aussi tristes que luy :

Errant à la mercy de ses inquietudes

Sa douleur l'entrainoit aux noires solitudes,

Et des tendres accens de sa mourante voix

Il faisoit retentir les Rochers & les Bois.

    CLIMENE, disoit-il, ô trop belle CLIMENE,

Vous surpassez autant les Nymphes de la Seine,

A ji

SEGRAISIANA

SECONDE PARTIE,

CONTENANT,

LES EGLOGUES

de Monfieur DE SEGRAIS de l'Académie
Françoife.

ET

L'AMOUR GUERI PAR LE TEMPS,
Tragedie-Ballet du même Auteur, non
imprimée.

ENSEMBLE,

La Relation de l'Ifle-Imaginaire & l'Hiftoire
de la Princeffe de Paphlagonie,
Imprimées en 1646. par l'ordre
DE MADEMOISELLE.

A PARIS,

Par la Compagnie des Libraires Affociés.

M. DCC XXI.

Avec Privilege du Roy.

EGLOGUES
De M. de SEGRAIS,

AVEC

*L'Amour détruit par le temps, *Opera* du même Auteur.

Que ces Chefnes hautains, & fi verds & fi beaux,

Des humides Marais furpaffent les Rozeaux.

Voftre divin Efprit, voftre Beauté divine,

Du plus pur fang des Dieux marquent voftre origine :

Le Soleil qui void tout, & qui nous fait tout voir,

N'eût jamais tant que vous d'éclat ny de pouvoir

Où vous portez vos yeux les Forefts reverdiffent ;

Où vous difparoiffez toutes chofes languiffent ;

Les Fleurs ne peüvent naiftre ailleurs que fous vos
pas,

Et le Printemps n'eft point où l'on ne vous void
pas.

Qui n'admire le luftre, & la fraicheur des Rofes,

Aux Rofes, qu'a l'Amour fur vos levres éclofes !

Où peut-on voir qu'en vous ces Oeillets & cesLys,

Qui paroiffent toûjours nouvellement cueillis,

Mais plus ces doux attraits vous rendent adorable

Plus ces attraits fi doux me rendent miferable ;

Si vous confiderez tant de charmes divers

Comme autant de fujets de méprifer mes vers.

De voftre belle bouche une feule parole,

M'eft ce qu'au voyageur eft l'herbe fraiche &
molle,

Et l'aife de vous voir eft à mon cœur bleffé ;

Ce qu'une eau claire & vive eft au Cerf relancé,

Jamais rien de fi beau n'a paru fur la terre.

Mais toûjours vos rigueurs me declarent la guerre,

Et ce qu'à nos Troupeaux est la fureur des Loups,
Ce qu'est à nos Vergers l'Aquilon en couroux.
Ce qu'à nos Epics murs est la pluye orageuse,
Telle est vostre colere à mon ame amoureuse.

Je ne m'en dedis point je n'aimeray que vous.
Mais Iris m'asseuroit d'un empire plus doux ;
Et je me sens si las de vostre tyrannie,
Que presque j'ay regret à la fiere Uranie.
J'ay regret à Philis, encore qu'elle aime mieux
L'indiscret Alidor, la honte de ces lieux ;
Qu'elle soit mille fois plus changeante que l'Onde
Qu'elle soit brune encore, & que vous soyez blonde.

Helas ! de vains desirs si long-temps enflamé,
Faut-il toûjours aimer où l'on n'est point aimé ?
Helas! de quel espoir est ma flame suivie,
Si lorsque dans les pleurs je consume ma vie,
Celle pour qui je souffre un sort si rigoureux
Trouve tant de plaisir à me voir malheureux.
En mille & mille lieux de ces rives champestres,
J'ay gravé son beau Nom sur l'écorce des Hestres,
Sans qu'on s'en aperçoive il croistra chaque jour :
Helas ! sans qu'elle y songe ainsi croist mon
  amour !
Pour éclairer autruy comme un flambeau s'allume.
Pour en servir une autre ainsi je me consume.
Ah! si du mesme trait dont mon cœur est blessé...
Mais ne poursuivons point ce discours insensé,

Je feray trop heureux, belle & jeune CLIMENE,
S'il vous plaift feulement confentir à ma peine.

N'ay - je point quelque Agneau dont vous ayez
defir,
Vous l'aurez auffi-toft, vous n'avez qu'à choi-
fir ;
Et fi Pan le deffend de tout regard funefte
Aux yeux des Enchanteurs j'abandonne le refte;
Pan a foin des Brebis, Pan a foin des Pafteurs,
Et Pan me peut vanger de toutes vos rigueurs.
Il aime, je le fçays, il aime ma Mufette,
De mes ruftiques Airs aucun il ne rejette :
Et la chafte PALLAS, race du Roy des Dieux,
A trouvé quelquefois mon chant melodieux :
Des grandes Deïtez Pallas la plus aimable,
La plus victorieufe, & la plus redoutable.
Par elle, fous le frais de ces jeunes Ormeaux,
Je puis quand il me plaift enfler mes chalumeaux
Et je puis ne chanter que mon amour fidelle :
Quoyqu'on ne deuft chanter que fa gloire immor-
telle,
Et que je doive encore à fa feule bonté
Cette delicieufe & douce oifiveté.
Sous ces feuillages verds, venez, venez m'entendre,
Si ma chanfon vous plaift, je vous la veux apren-
dre.
Que n'euft pas fait Iris pour en aprendre autant ?

Iris que j'abandonne, Iris qui m'aimoit tant.

Si vous vouliez venir, ô miracle des belles,

Je vous enseignerois un Nid de Tourterelles :

Je vous les veux donner pour gage de ma foy ;

Car on dit qu'elles sont fidelles comme moy.

    CLIMENE, il ne faut pas mépriser nos bo-
    cages

Les Dieux ont autrefois aimé nos Pasturages,

Et leurs divines mains aux rivages des Eaux,

Ont porté la Houlette & conduit les Troupeaux.

L'aimable Deïté qu'on adore en Cythere

Du Berger Adonis se faisoit la Bergere :

Helene aima Paris, & Paris fut Berger,

Et Berger on le vid les Déesses juger.

    Quiconque sçait aimer peut devenir aimable ;

Tel fut toûjours d'amour l'arrest irrevocable.

Helas ! & pour moy seul change-t-il cette loy :

Rien n'aime moins que vous, rien n'aime tant que
    moy.

    Genereux MONTAUZIER, dont l'ame
    vigilante,

Asseure le repos des Bergers de Charante :

Qui des Lauriers de Mars tant de fois couronné,

Des Lauriers d'Apollon fais gloire d'estre orné :

Daigne pour un moment sur cette fraiche rive

Ouïr de mon Berger la Musette plaintive.

Ainsi tout l'Univers de JULIE & de toy,

Entende la louange & l'aime comme moy.

TIMARETE
EGLOGUE II.

A MADEMOISELLE
De Rambouillet.

CLARICE aime mes vers, faisons-en pour
    CLARICE
Qui peut rien refuser au beau sang D'ARTENICE?
Le beau nom D'ARTENICE a volé jusqu'aux
    Cieux,
Le beau nom de CLARICE est aimé de nos Dieux:
Ses charmes sont puissans, son ame est noble &
    belle,
Elle a tout ce qui rend ARTENICE immortelle:
Juste arbitre du chant des plus fameux Bergers,
Comme elle, elle est celebre aux Climats étrangers.
Doncques, ô digne sang d'une divine Mere,
Soit qu'au tranquile frais d'un Antre solitaire,
Le grand Pasteur de l'Orne au chant si renommé,
Tienne vos sens ravis, & vostre Esprit charmé.
Soit qu'aux bords emaillez d'une claire fontaine
Vous vous plaisiez aux jeux de ce Berger de Seine,
De ce galand Berger, en qui furent toûjours

Avec les jeunes Ris, les folastres Amours,
Ou que vous admiriez la celeste harmonie
Des Apollons nouveaux de la grande Ausonie.

Quittez pour un moment des entretiens si doux ;
Escoutez les ennuis d'un pauvre Amant jaloux,
Escoutez les ennuis d'une aimable Bergere.

Aux Rivages de Loin sur la verte fougere
Timarete aux Rochers racontoit ses douleurs,
Et le triste Eurilas soupiroit ses malheurs :
Tous deux (Dieux que ne peut l'aveugle jalousie)
L'un pour l'autre troublez de cette frainaisie,
Abandonnoient leur ame à d'injustes soupçons,
Qu'ils faisoient mesme entendre en leurs douces
     Chansons ;
Echo les redisoit aux Nymphes du Bocage :
Un vieux Faune en rioit dans sa Grotte sauvage :
Tels sont les jeux d'Amour, disoit-il, & jamais
Ces guerres ne se font, qu'on n'en vienne à la
     Paix.

Eurilas commença sur sa douce Musette,
A son chant respondoit la belle Timarete :
Tour à tour ils plaignoient leur amoureux soucy
La Muse Pastorale aime qu'on chante ainsi.

EURILAS.

Garde pour les vivans ta clarté vagabonde,
Et ne sors plus pour moy, beau Soleil hors de l'Onde:

Une Ombre du Cocyte eſt moins ombre , que moy.

Si j'en veux croire au moins ce fleuve où je me voy.

A ma paſle couleur , à mon viſage bleſme ,

On void moins , que je vis , qu'on ne peut voir
    que j'aime :

Et que pour trop aimer je ſouffre dans mon ſort

Une douleur ſemblable aux douleurs de la mort.

Que veux-je faire auſſi de ma mourante vie ?

Et de quel bien jamais peut-elle eſtre ſuivie ;

Puiſque j'eſprouve , enfin d'amour tout conſumé,

Qu'il eſt un plus grand mal , que de n'eſtre point
    aimé.

Helas ! qui ſçait aimer , ſçait que ce mal extrê-
    me

Eſt d'en ſçavoir un autre aimé de ce qu'il aime.

TIMARETE.

Dy pluſtoſt que ce mal , ô volage Eurilas ;

Eſt de ſe croire aimée , & ne l'eſtre pas.

Clair ruiſſeau deſormais remonte vers ta ſource.

Change , Pere du jour , ton ordinaire courſe ,

Un plus grand changement m'a ravy mon Berger.

Il n'eſt rien après luy qui ne puiſſe changer.

Voilà cette ſiniſtre & funeſte avanture ;

Dont m'a cent fois donné le malheureux augure ;

Du haut de ce vieux cheſne un Corbeau croaſſant ;

Que m'exprimoit ſi bien par ſon cry gemiſſant ;

La chaste Tourterelle en cent lieux rencontrée,
Toûjours triste, & toûjours de son Pair separée.

EURILAS.

Timarete à Damon a pû donner son cœur,
A Damon Timarete ! ô le digne vainqueur :
Amans, jamais de rien ne perdez l'esperance ;
Amans, jamais en rien ne prenez d'asseurance.
Les Tygres sous le joug aux Bœufs s'acoupleront ;
La Biche & l'Ours affreux desormais s'aimeront ;
L'amoureuse Colombe au Hibou voulant plaire
Deviendra comme luy nocturne & solitaire,
Et par la Paix unis, nos Loups, & nos Agneaux,
Ensemble viendront boire aux rives de ces eaux.

TIMARETE.

Telle que se fait voir, de fleurs chargeant sa teste
Une blonde jeunesse au beau jour d'une Feste,
Quand le prix de la Dance, & le son des Haubois,
L'attire des Hameaux à l'ombrage des Bois :
Amour de tout le Cercle écarte la tristesse ;
Amour y fait regner l'innocente Allegresse ;
Seule elle est en tous lieux, seule de toutes parts
Elle anime les sens, brille dans les regards.
Telle on me vid toûjours (ô memoire affligeante)
Tandis que d'Eurilas je crus l'amour constante.

EURILAS.

Comme on void quelquefois par la Loyre en fu-
 reur
Perir le doux espoir du triste Laboureur,
Lorsqu'elle rompt sa Digue, & roule avec son
 Onde
Son sterile gravier sur la plaine feconde.
Ainsi coulent mes jours depuis ton changement;
Ainsi perit l'espoir qui flattoit mon tourment.

TIMARETE.

Quel de vous, ô grands Dieux, m'a pû faire
 l'outrage
De rendre mon Berger inconstant & volage;
O Pan, n'est-ce point toy ? Souvent sous ces Or-
 meaux
J'ay preferé sa voix à tes doux Chalumeaux,

EURILAS,

Cypris, c'est toy qui rens ma Bergere infidelle;
J'ay juré mille fois que tu n'es pas si belle.

TIMARETE.

Garde pour Aramynte un si flatteur discours;
Aramynte ta vie & tes seules amours;
Moins qu'elle avoit d'attraits la Reyne de Cy-
 there,

Nul efprit que le fien n'eft digne de te plaire,
Ajoûte, & dis auffi qu'elle aime mieux Daphnis,
Daphnis plus beau cent fois que le bel Adonis.

EURILAS.

Et la fainte amitié qu'à Daphnis j'ay promife,
Te doit contre Aramynte affeurer ma franchife,
Aramynte eft pourtant le chef-d'œuvre des Cieux:
A qui n'a jamais vû ta bouche ny tes yeux:
Comme en hauteur ce Saule excede ces Fougeres,
Aramynte en beauté furpaffe nos Bergeres;
Mais autant fa beauté cede à tes doux attraits,
Que cederoit ce Saule aux hauts Pins des Forefts.

TIMARETE.

Mais auffi digne Amy, qu'Amant feur & fidelle,
Tu peux feule m'aimer, & te plaire avec elle.

EURILAS.

Mais quoyque cent remords me veuillent revolter,
Pour luy donner mon cœur, il faudroit te l'ofter,
Et quand j'en concevrois la coupable penfée,
Le pourrois-je obtenir de mon ame infenfée?

TIMARETE.

Que n'es tu moins trompeur.... Que veux-je
dire ô Dieux

EURILAS.

Que n'ay-je pû cent fois vous dedire mes yeux?

TIMARETE.

Qu'ont-ils vû, si ce n'est, que jeune & sans malice,
D'un trop rusé Berger j'ignorois l'artifice;
Credule, jusqu'à croire à tous ces vains discours;
Et qu'il estoit encor d'eternelles amours.

EURILAS.

Damon de ces erreurs t'a bien desabusée;
Damon, dont la Musette est partout meprisée.

TIMARETE.

Puisque d'un autre objet tu t'es laissé charmer,
C'en est assez & trop pour ne plus rien aimer.

EURILAS.

Pour ne plus rien aimer? Ah! Bergere inhumaine,
Pense-tu me cacher la moitié de ma peine?
Ah! mon Rival n'a point d'aussi malheureux jours,
Fais qu'il soit vray pourtant, ô Mere des amours,
Et sur ton saint Autel dès demain en revanche,
Je t'offre les petits de ma Colombe blanche,
Et si la belle un jour me void d'un œil plus doux,

Je t'offre encor la Mere, & son fidele Espoux.

TIMARETE.

La voix de mon Berger vaut mieux que le ramage,
Qu'au Printemps fait ouïr le Rossignol sauvage ;
De l'importun Damon les aigres Chalumeaux
Ont presque deserté nos aimables Hameaux ;
Mais lorsque mon Berger se rend déraisonable,
A sa divine voix Damon est preferable.

EURILAS.

On aimeroit de toy jusques à ton couroux,
Si l'on pouvoit t'aimer sans en estre jaloux.

TIMARETE.

Que mon ame à t'ouïr trouveroit de delices
S'il ne falloit souffrir tes injustes caprices.

EURILAS.

Bons Dieux ! qu'il faut de fois te haïr en un jour,
Quand on te veut-aimer de toute son amour.

TIMARETE.

Que la foy d'un Amant est trompeuse & legere !

EURILAS.

En est-il dans le cœur d'une jeune Bergere :

TIMARETE.

A ce que dit Philis, sçavante sur ce point,
Tout mal a son remede, Amour seul n'en à point,

EURILAS.

On a beau murmurer, quelque dessein qu'on fasse,
Tout le temps est perdu, qui sans aimer se passe.

TIMARETE.

On dit que je suis belle, & je ne le croy pas;
Mais qui plus que l'Aurore eut de charmans apas,
Cephale aimoit Procris, l'Aurore matinale
Quittoit pourtant les Cieux pour courre après
Cephale.

EURILAS.

Tes yeux quand plus serains tu me les laisse voir,
D'un seul de leurs regards r'animent mon espoir,
Ta bouche fait bien plus, un mot qu'elle veut dire
Au plus fort de mes maux appaise mon martyre,

TIMARETE.

Menalque & Lycidas ont sceu faire des Vers
Dignes d'estre chantez par cent Peuples divers?
Mais mon jaloux Berger, sous ce vieux Sicomore
En fist un jour pour moy, que j'aime mieux encore.

EURILAS

EURILAS.

Un Zephire plus lent agite ces Rozeaux,
Il fort un vif éclat du criftal de ces eaux,
L'air devient pur & net ; ma divine Bergere,
Si j'en croy ces Objets, appaife fa colere,
De ces prompts changemens les fignes gracieux
Marquent qu'un trait plus doux eft party de fes
  yeux.

AMIRE.
EGLOGUE III.

A MADEMOISELLE

De Vertus,

TANDIS que je vay voir mon adorable
  Amire.
Garde bien mes Troupeaux mon fidele Tityre,
L'Aftre heureux & brillant de la Mere d'Amour,
De l'Aurore vermeille annonce le retour :
Il eft temps de partir, adieu mon cher Tityre,
Garde bien mes troupeaux, je vole vers Amire.
  Soit quand je reviendrai tout le Ciel en couroux

B

S'il me donne en allant un tems ferain & doux ?

Pourveu qu'enfin j'arrive, & qu'au moins je la
　　voye,

Que je meure auffi-toft je mourray plein de joye.

Qui peut en eftre veu d'un regard amoureux,

Ne peut jamais avoir un deftin malheureux.

　　Que fait - elle à prefent ? De quoy s'entretient-
　　elle ?

Où dois-je en arrivant rencontrer cette belle :

Sera-ce fous ces Pins aux rameaux toûjours verds

Où j'ay gravé nos noms en cent chiffres divers;

Sera-ce aux bords fleuris de la claire fontaine

Où je luy découvris mon amoureufe peine :

Et que doit mieux fentir un veritable amour,

Ou l'ennuy de l'abfence, ou l'aize du retour ?

　　Enfant maiftre des Dieux, qui d'une aifle legere

Tant de fois en un jour voles vers ma Bergere:

Dis luy combien loin d'elle on fouffre de tourment;

Va, dis luy mon retour, puis reviens prompte-
　　ment,

(Si pourtant on le peut quand on s'éloigne d'elle)

M'apprendre, comme elle a receu cette nouvelle.

　　O Dieux ! que de plaifir, fi quand j'arriveray

Elle me void pluftoft que je ne la verray,

Et du haut du coftau qui découvre ma route ,

En s'écriant (c'eft luy, c'eft luy-mefme fans doute)

Pour defcendre en la rive elle ne fait qu'un pas :

Vient jufqu'à moy peut - eftre, & me tendant les
　　bras,

M'accorde un doux baiſer de ſa bouche adorable,
Baiſer frivole & vain, & pourtant delectable,
Et qui marque ſi bien à mes douces langueurs,
L'ineſtimable prix de plus grandes faveurs.

Inutiles penſers, ou peut-eſtre menſonges;
Un Amant ſans dormir ſe forme bien des ſonges.
Qui ne ſçait que tout change en l'Empire amou-
    reux.,
Et qui peut eſtre abſent, & s'eſtimer heureux.
Mais pourquoy s'affliger d'une crainte mortelle;
Pouvant tout eſperer de mon amour fidelle:
Eſpoir qui ſeul fais vivre un malheureux Amant,
Ne m'abandonne pas en cet éloignement;
Tu pourrois adoucir la plus cruelle abſence
Si tu ne venois point avec l'impatience:
Que loin de ſa Bergere on ſent durer les jours,
Et qu'auprès d'elle auſſi les plus longs ſemblent
    courts.
Aſſis tous deux à l'ombre au pied de ce grand
    Heſtre,
Où par ſon jugement ma Muſette champeſtre,
Sur nos jeunes Bergers la Guirlande gagna,
Lorſqu'un ſi grand dépit Alcandre en temoigna:
Chante, me dira-t'elle, & ne ceſſe de dire
La chanſon que tu fis pour ta fidelle Amire:
Ton chant me charme plus que celuy des Oiſeaux,
J'aime moins que ta voix: le doux bruit des ruiſ-
    ſeaux.

Alors la regardant , & la voyant fi belle,

Amour m'échau era d'une flame nouvelle :

Peut-eftre auffi qu'alors Amour la touchera ,

Elle voudra refpondre , & fa Chanfon fera.

Qui chantera Berger , fi ton Iris ne chante ?

Iris dont ton amour rend l'ame fi contente.

Elle accompagnera l'aimable Nom d'Iris

D'un regard languiffant , d'un gracieux foûris,

Interpretes du cœur , qui fembleront me dire ,

(Sans la peur de rougir elle auroit dit Amire.)

Ainfi puiffe couler le refte de mes jours ,

Adorant fon vifage , admirant fes difcours :

O les difcours charmans ! ô les divines chofes !

Qu'un jour difoit Amire en la faifon des Rofes.

Doux Zephirs qui regniez alors dans ces beaux
　　　lieux ,

N'en portâtes vous rien aux oreilles des Dieux.

　　Tels eftoient les penfers de l'amoureux Clean-
　　　dre :

Retournant vers les bords du Celtique Meandre ,

Car quiconque a veu l'Orne aux tortueux détours,

Au Meandre fameux a comparé fon cours.

　　Daignez prefter l'oreille à ma Mufe ruftique ,

Digne Sang de nos Dieux , & des Dieux d'Armo-
　　　rique

Dont toutes les Vertus ont le grand cœur orné ,

A qui jufqu'à leur nom elles ont tout donné.

AMINTE.

EGLOGUE IV.

A MADAME

La Marquise de Gamaches, sous le nom de Silvie.

QUE ferois-je sans vous, ô mes doux Cha-
    lumeaux,
Au frais delicieux que font ces verds Rameaux ;
Car qu'est-ce qu'un Berger sans sa douce Musette?
Chantons donc, & disons ma triste Chansonnette,
Aminte qui l'ouyt m'en vid d'un œil plus doux,
Et l'insensé Damon en paroissoit jaloux.
Pendant que de ces Monts les Echos vont l'apren-
    dre,
Aminte reviendra peut-estre pour l'entendre :
Aminte d'un regard m'attaque quelquefois,
Et la folâtre après se sauve dans ces Bois :
Elle passe, & s'enfuit, & cependant la belle
Veut toûjours estre veüé, & qu'on coure après
    elle.
Chantons doncques, Silvie au moins m'écou-
    tera,

Et je ferai content quand mon chant luy plaira

Nymphe, elle n'eſt ſuperbe, injuſte ny legere :

Nymphe, elle a la candeur d'une jeune Bergere,

A ſon aimable eſprit, à ſes charmes puiſſans

Un de nos plus grands Dieux a donné de l'encens ;

Elle aime de Pallas la Deïté ſuprême,

Et ſur tous les Bergers j'aime celuy qu'elle aime.

Silvie écoutez-moy, venez prendre le frais

A l'ombrage plaiſant de ces Aulnes épais.

Apreſent qu'en nos Champs tout s'altere & ſe
brûle,

Aux regards enflamez de l'âpre Canicule :

Vous meritez nos Airs les plus melodieux,

Vous en ſçavez chanter qui charmeroient les
Dieux.

Ainſi parloit Silvandre aux rivages de Seine,

Le fleuve pour l'ouyr couloit doux ſur l'Arene.

Tout l'Univers ſenſible à ſon triſte ſoucy,

S'y montroit attentif, lorſqu'il reprit ainſi :

Aminte tu me fuis, & tu me fuis volage

Comme le Fan peureux de la Biche ſauvage

Qui va cherchant ſa Mere aux Rochers écartez,

I' craint du doux Zephir les Trembles agitez :

Le moindre Oiſeau l'étonne, il a peur de ſon
ombre,

Il a peur de luy-meſme & de la foreſt ſombre.

Arrête fugitive, & quoy, ſuis-je à tes yeux

Un Tygre devorant, un Lyon furieux?

Ce que tu crains en moy n'eſt rien qu'une étincelle

Du beau feu qui t'anime, & qui te rend ſi belle ;

Mais il brille en tes yeux, & brûle dans mon
 cœur :

Il cauſe ta beauté comme il fait ma langueur :

Et c'eſt là cet Amour, cette flame ſi vive,

Qui jette tant d'effroy dans ton ame craintive.

 Ce qu'il a de douceur, il ne l'a que pour toy:

S'il a de l'amertume, il n'en a que pour moy :

Encore ſi tu veux, d'un regard belle Aminte

Je puis n'y pas trouver une goute d'Abſinte.

Bienheureuſe langueur, agreable tourment,

Doux & beaux ſont les jours que l'on paſſe en aimant :

Soit pour ce ſeul plaiſir noſtre verte jeuneſſe,

Et pour les triſtes ſoins la chagrine vieilleſſe.

 Voy ce beau jour, Aminte, & voy de toutes
 parts

Le Soleil l'embraſer de ſes plus chauts regards ;

Voy l'âpre Moiſſonneur de la plaine ſi belle

Ranger à pleines mains la dépouille en Javelle :

N'eſt-ce pas un avis aux cœurs les plus contens ;

Que nos jours les plus beaux ne durent pas long-
 temps,

Et que ſi l'on ne cueille & tes Lis & tes Rozes,

L'Hyver moiſſonnera de ſi divines choſes.

 La beauté, ce treſor qu'on ne peut eſtimer

N'eft donnée aux mortels que pour fe faire aimer?
Rien n'eft beau qu'en aimant, & la terre elle mef-
　me,
Ne dure en fa beauté que quand le Soleil l'aime,
Qu'autant que pour luy plaire étalant fes attraits,
Elle fait reverdir nos Champs & nos Forefts.

　Trifte eft une beauté pour qui rien ne foûpire,
On languit, on fe plaint fous l'amoureux empire:
Mais n'eftre point aimée, & n'aimer rien auffi,
Des foucis de la vie eft le plus grand foucy.

　Qui craint l'ennuy d'aimer, toute chofe l'en-
　nuye,
Celle qui fuit l'Amour, merite qu'on la fuye:
Comme on fuit juftement ces climats malheureux,
Dont détourne le Ciel fes regards amoureux.

　Quiconque fe voudra faire une vie heureufe:
Que content il s'attache à la vie amoureufe:
Qu'il quitte pour jamais l'ambitieufe Cour,
Qu'il vienne dans ces bois borné de fon Amour
A fes jeunes defirs fon ame abandonnée.
Se faire une innocente & libre deftinée.

　Aminte, arrête un peu, voy fur ce vieux Cor-
　mier
Le baifer amoureux du fauvage Ramier,
Les careffes qu'il fait à fa compagne aimée
Qui d'un mefme defir fe fait voir animée:
Peut-on, confiderant leur innocent foucy

Ne pas dire en foy-mefme, heureux qui vit ainfi ?

Sur ce verd Alizier, voy ces deux Tourterelles.

Se chercher, s'approcher, & tremouffer des aifles

Si l'une des deux fuit, foudain l'autre fuivra :

Et tant qu'elles vivront ce plaifir durera,

Aminte, approche-toy de ce plaifant Bocage,

Entends de ces Oifeaux l'agréable ramage ;

Ce qu'ils chantent la nuict, ce qu'ils chantent le
jour,

Aminte, tout cela ne parle que d'Amour.

Chantez petits Oifeaux, nul danger, nulle crainte

N'interrompe jamais voftre amoureufe plainte,

Chantez petits Oifeaux, & puiffay-je toûjours

Avecque vous chanter mes fideles Amours.

O L I M P E.

E G L O G U E V.

A M A D A M E
de Monglat.

L'Amoureux Eurilas abſent de Timarete
Exprimoit par les ſons de ſa douce Muſette.
Combien l'ennuy mortel d'un triſte eloignement
Preſſe le tendre cœur d'un veritable Amant.
Quand le beau Liſidor fameux aux bords de Seine
Vint chanter avec luy ſon amoureuſe peine,
Son mal n'eſtoit pas moindre, & l'on en peut ju-
　　ger :
Il aimoit une Nymphe, & n'eſtoit qu'un Berger,
Eſclave malheureux d'un deſir temeraire
A la divine Olimpe il s'efforçoit de plaire :
Helas ! c'eſtoit en vain & d'aimer & la voir
Fut ſon plus haut penſer, & ſon plus doux eſpoir.
Tous deux Amis parfaits, aſſis aux bords de Loire,
Sans conteſter du chant la frivole victoire,
Conteſtoient ſeulement de leurs vives douleurs ;
Adorable MONGLAT, jugez de leurs malheurs :

Vos charmes ont caufé d'auffi cruelles peines,

Vous dont la voix s'égale au doux chant des Si-
    renes ,

Et dont l'aimable Efprit juge des plus beaux airs,

N'a jamais dedaigné mes ruftiques concerts,

Efcoutez d'Eurilas la champeftre Mufette,

Et du beau Lifidor la douce chanfonnette:

Sans art ces deux Bergers fe plaignoient tour à
    tour ;

L'Art ne fe trouve point avec beaucoup d'amour.

EURILAS.

Timarete s'en eft allée,

L'ingrate méprifant mes foupirs & mes pleurs,

Laiffe mon ame défolée

A la mercy de mes douleurs :

Je n'efperay jamais qu'un jour elle euft envie

De finir de mes maux le pitoyable cours :

Mais je l'aimois plus que ma vie,

Et je la voyois tous les jours.

LISIDOR.

Lieux fauvages & folitaires,

De mes triftes ennuis les feuls dépofitaires

Antres affreux , noires Forefts.

Qui voyez de mes maux l'extrême violence ,

Gardez toûjours pour moy ce tranquile filence:

Promettez-moy, Rochers, d'estre discrets ;

Je viens vous confier le secret de ma vie,

Et vous dire qu'Olimpe à mon ame asservie :

Olimpe, Reine de ces lieux,

Digne objet de l'amour des plus grands de nos
    Dieux.

E U R I L A S.

Ah ! que pour me resoudre à cette triste absence

Mon cœur se fait de violence ;

Que je prévoy pour luy de funestes langueurs ;

Que ce cruel départ me va coûter de larmes.

Et que j'auray besoin dans ces tristes alarmes

Du souvenir de ses rigueurs

Pour résister à celuy de ses charmes.

L I S I D O R.

Ne craignez point, Beauté, qui pouvez tout char-
    mer ;

D'entendre le mal qui me touche,

Je n'auray point ouvert la bouche,

Que le trépas ne la vienne fermer ;

S'il arrive, enfin que mon ame.

Au gré d'un insensé desir,

Accorde un soupir à ma flame,

Ce ne sera que mon dernier soupir,

Et je ne sçay, si dans mon mal extrême,

Je pourray feulement prononcer *Je vous aime.*

EURILAS.

Qu'en ces plus beaux habits l'Aurore au teint ver-
    meil

Annonce à l'Univers le retour du Soleil ;

Et que devant fon Char fes legeres Suivantes ,

Ouvrent de l'Orient les Portes éclatantes ,

Depuis que ma Bergere a quitté ces beaux lieux ;

Le Ciel n'a plus ny jour ny clarté pour mes yeux ;

LISIDOR.

Que la Nuict couvrant tout de fes plus fombres
    voiles ,
Cache mefme à nos yeux les plus claires Eftoiles ;
Olimpe d'un regard , comme au jour le plus clair,
Illumine la Terre , & fait refplendir l'Air.

EURILAS.

Belle Jeuneffe de l'Année ,
Pour moy , fans ma Bergere , eft ta beauté fanée :
Son trifte éloignement , fource de mes douleurs ,
Efface de ces Prez les plus vives couleurs.

LISIDOR.

Un gay Zephire nous careffe ;
Tout nous charme , tout plaift , & tout rit dans
    ces lieux :

Berger , tu crois que l'Hyver ceſſe ,
C'eſt le moindre effet des beaux yeux
De ma belle Maiſtreſſe.

E U R I L A S.

Ma divine Bergere au moins ſçait mes malheurs ,
Et ſans me voir elle peut voir mes pleurs ,
Car mon Cœur , qui toûjours avec elle demeure ,
Luy peut conter mon martyre à toute heure.

L I S I D O R.

Je ne puis m'empeſcher de voir
Ces beaux yeux qui cauſent ma peine ;
Helas ! je ne ſçay qui m'y meine ,
Mais je n'en reviens point qu'avec le deſeſpoir.

E U R I L A S.

Un jour aſſis aux bords d'une Onde claire & nette ,
Où faiſoit un bouquet l'aimable Timarete ,
Jaloux des fleurs qu'on luy voyoit tenir ,
Pourquoy, dis-je , comme Narciſſe ,
Par quelque effet de ton caprice ,
Ne puis-je Amour une fleur devenir ;
Quoyque pourtant , aimer autant que j'aime ,
Ce ne ſoit point s'aimer ſoy-meſme.
Lorſqu'en ces lieux arriveroit

Cette jeune merveille,

De sa divine main elle me cueilleroit ;

Et me cueillant elle me baiseroit

De sa bouche vermeille ;

Et sur son sein, peut-estre, après ce doux baiser

Elle me feroit reposer.

LISIDOR.

Ce jour vrayement fatal à ma Nymphe si belle,

Que pensant sur un Cerf son javelot lancer,

Ce fer guidé par la Parque cruelle,

De Melampe son Chien fidelle,

D'un coup mortel vint le beau corps percer :

Et tout son sang verser

Aux yeux de sa chere Maistresse,

Qui pâmoit de tristesse,

Ah ! Melampe, dis-je à l'instant

D'un ton foible & craintif, mais qu'Olimpe pourtant

Pût assez bien entendre,

Et trouver doux & tendre,

Ah ! Melampe, il est vray que ta mort fait pitié,

Mais tu meurs de ta Nimphe ayant eu l'amitié,

Il est vray qu'en ton sort, toute misere abonde,

Mais il sera pleuré des plus beaux yeux du monde :

Et j'en sçay qui mourront d'un semblable trépas,

Et plus cruel encor, qui ne le feront pas.

J'ecoutois leurs chanfons, couché fur la fougere?
Qu'euffay-je fait, alors, abfent de ma Bergere?
Plus trifte qu'Eurilas, hélas! peut-eftre encor
Amant plus infenfé que le beau Lifidor.
Dès ce temps d'Eurilas, e prifay la Mufette;
J'aimay de Lifidor la douce Chanfonnette.

URANIE.
EGLOGUE VI.

A MONSIEUR
Le Marquis de Gamaches.

SUR les Rives de l'Orne, un Berger amoureux
Songeant aux cruautez de fon fort malheureux
Tourmenté de fes maux, accablé de fes chaînes,
Cherchoit une retraite à foûpirer fes peines.
Lorfqu'aveuglé de pleurs, plein de divers foucis,
Tous fes fens de triftefle étouffez & tranfis,
Et guidé feulement de fa douleur profonde,
Il fe trouva conduit au plus beau lieu du monde.
Dans un bois écarté, dont les ombrages verds

Ne

Ne fentirent jamais la rigueur des Hyvers ;

Au pied d'un haut Rocher, qui femble dans les
    nuës

Vouloir cacher l'horreur de fes pointes chenuës ;

Eſt une Grotte fombre, où nature fait voir

Un eſſay merveilleux de fon divin pouvoir :

Ou par mille beautez que fa main liberale

Dans ces aimables lieux confufément étale ,

Elle a voulu montrer fans étude & fans fard ,

Combien fes ornemens font au deſſus de l'Art.

  C'eſt-là que le Zephir a placé fon empire,

C'eſt dans ce beau fejour que pour Flore il foû-
    pire

Ny les âpres frimats, ny les grandes chaleurs

N'y terniſſent jamais le bel émail des fleurs :

Des bruyans Aquilons les rapides haleines

N'y troublerent jamais le criſtal des fontaines ,

Qui fur un gravier d'or font écouler leurs eaux ,

Et proche du Rocher forment deux clairs ruiſſeaux,

Qui paſſant au travers de cette Grotte obſcu.

Mouillent les bords d'un lit de mouſſe & de
    re ,

Où leur murmure lent, invite à fommeiller

Ceux que les plus grands foins forceroient de veil-
    ler.

  Certes d'un fi beau lieu les fecrettes amorces,

Pour charmer les douleurs avoient aſſez de forces;

C

Et devoient amoindrir celles de ce Berger :

Mais las ! il n'y venoit qu'afin de s'affliger,

Et cherchoit seulement ces belles solitudes

Pour se donner en proye à ses inquietudes.

Ce fut là que d'abord son cruel souvenir

De tous ses maux passez le vint entretenir :

Luy mit devant les yeux l'histoire de sa vie,

Avec tous les malheurs dont elle étoit suivie :

Luy fit voir de son sort l'implacable rigueur,

Ses Troupeaux devorez, ou sechez de langueur,

Ses Vergers languissants, ses Cabanes brûlées,

Ses meilleurs Champs en friche, & ses Moissons
   grêlées,

Et toutefois encore il s'estimoit heureux

Tant qu'il se vit exempt des soucis amoureux.

Mais helas ! quand après tant de sujets de plaintes :

Amour, pour luy porter de plus rudes atteintes,

Luy mit devant les yeux les celestes apas,

... la rare beauté qui causoit son trepas :

... representa combien peu d'esperance :

... accompagner son extrême souffrance :

... repandit de pleurs, qu'il poussa de soûpirs !

Enfin gelé de crainte & brûlé de desirs,

Il voulut exprimer sa douleur infinie.

O trop belle (sans doute il eust dit Uranie)

Mais le puissant respect qui regnoit dans son cœur

Deffendit à sa voix de nommer son Vainqueur :

Et plus cruel encor que son martyre mesme,

Voulut qu'il en celât la violence extrême,

Doutant si ce Rocher, cet Antre, & ces Forests

Pour en estre témoins estoient assez secrets.

O ! combien en son ame il forma de pensées !

Et combien aussi-tost en furent effacées !

O ! combien il conceut de funestes desseins,

Qui tous contre sa vie exciterent ses mains !

Certes, de moins de fruicts nous enrichit l'Autonne,

L'Esté de moins d'epics nos Campagnes couronne,

L'Hyver a moins de vents, le Printemps moins de
     fleurs,

Qu'il ne sentit alors de mortelles douleurs :

De sombres desespoirs tous ses sens occuperent :

La rage & la fureur à l'envy l'attaquerent,

Et son esprit emeu de leurs rudes transports

Fut cent fois sur le point d'abandonner son corps :

Il le croyoit du moins, lorsqu'en la forte idée

Dont son amour rendoit son ame possedée,

Il pensa que sa Nymphe avec tous ses apas

Dans ce lieu solitaire eût adressé ses pas.

Ses yeux foibles des-ja de verser tant de larmes

Creurent estre éblouis de l'éclat de ses charmes ;

Ses sentimens perdus, ses esprits dissipez

De leurs perçans rayons creurent estre frapez :

Mesme il s'imagina que de cet antre sombre

Leur splendeur bannissoit & la fraicheur & l'ombre ;

L'air qu'il y respiroit luy sembloit allumé,

Et c'estoit ses soûpirs qui l'avoient enflamé.

Ce n'est pas toutefois qu'en son ame insensée,

Il osast concevoir la superbe pensée,

Que ce divin objet vinst pour la secourir,

Il crût que ce n'estoit que pour le voir mourir,

Et dans ce sentiment, prest à luy satisfaire,

Il pensa qu'il pouvoit sans craindre sa colere,

Ny sortir du respect, luy tenir ces propos

Souvent entrecoupez de pleurs & de sanglots.

Je meurs, vous le voyez & quelque violence

Qui m'oblige sans cesse à rompre le silence.

Si devant vos beaux yeux je ne perdois le jour,

Jamais vous n'auriez sceu l'excez de mon amour.

Ce n'est point par des cris, ce n'est point par des plaintes,

Que mon mal vous fait voir ses sensibles atteintes

Je l'ay si bien caché, que malgré son effort.

Il ne s'est découvert qu'en me donnant la mort,

Et quand vous daignerez Belle pour qui j'expire,

Comparer mon audace avecque mon martyre :

S'il m'osa, direz-vous, declarer son tourment,

Son audace du moins n'a duré qu'un moment :

Et sa flame. . . . mais las ! vous ignorez encore,

Depuis combien de temps son ardeur me devore,

Si ce n'eft que vos yeux connoiffant leur pouvoir

Sçachent qu'il faut aimer quand on ofe les voir.

Ces beaux yeux font fi clairs, & fi remplis de flames

Qu'ils peuvent aifément penetrer dans les ames :

Mais s'ils ont daigné voir, ces aimables vainqueurs,

Que j'aimois mieux montrer au milieu des langueurs

Au milieu des tourmens, des fupplices, des gefnes,

L'excez de mon refpect, que celuy de mes peines :

S'ils m'ont veu fans efpoir d'aucune guérifon,

Idolâtrer mes fers, & cherir ma prifon :

Ils peuvent voir encor mon ame confumée

Conferver les ardeurs dont ils l'ont enflamée,

Mais telles, que fentant qu'elles me font mourir,

Je l'aime encore mieux que de les amoindrir.

Croyant à ce difcours fa bouche criminelle,

Il alloit fe jetter aux pieds de cette Belle,

Mais n'embraffant que l'air au lieu de fes genoux.

O mes douleurs, dit-il, où me reduifez-vous ?

Ces mots furent fuivis d'une mortelle tranfe

Qui priva fes efprits de toute connoiffance ;

Il demeura fans voix, fans poux, fans mouvement

Et n'euft point veu finir ce long faififfement,

Si de fon cruel fort l'impitoyable haine,

Qui prolonge fes ans pour prolonger fa peine,

Ne l'euft fait vivre encor par un cruel fecours,

Si c'eft vivre pourtant que mourir tous les jours.

GAMACHES, cher Marquis dont l'ame noble & belle,

M'a toûjours honoré d'une amitié fidelle :
S'il est vray que le Ciel t'ait fait assez heureux,
Pour n'estre point sensible aux tourmens amoureux :
Donne quelques soûpirs aux cruelles atteintes
Que dans ces tristes Vers ma Muse t'a dépeintes :
Et si ton cœur s'emeut aux maux de mon Berger
Que ce soient les derniers qui puissent t'affliger.

LA PAIX.
EGLOGUE VII.

ACANTE ET EURILAS.

EURILAS.

ACANTE, il est donc vray, qu'encore
     cette fois
Les Amours fugitifs reviennent dans nos Bois :
Que le bruit enroué des Guerrieres Trompettes
Cede aux rustiques sons de nos foibles Musettes ?
Acante tu le sçais, car le grand Apollon
T'a mille fois conduit dans le sacré Vallon :
Et les Sçavantes Sœurs ont reconnu qu'il t'aime,

Par les douces chansons qu'il t'enseigne luy-mes-
  me.
Et puis ton ferme appuy, ce Favory des Cieux,
Qui garde les Tréfors & les Secrets des Dieux,
Ton digne Maiftre a pû ces grands Secrets t'ap-
  prendre,
Qui vont dans nos Hameaux l'allegreffe repan-
  dre:
Luy-mefme nous annonce un temps ferain & doux,
Et nous va delivrer de la fureur des Loups

ACANTE.

Berger, il eft conftant, qu'avec fa chere Aftrée
La defirable Paix en ces lieux s'eft montrée:
Au moins le vieux Damon, qui l'a veuë autrefois
Croit l'avoir reconnuë au travers de ces Bois.
Son Front eft couronné de fa plus verte Olive.
Elle paroift encor chancellante & craintive:
Mais chaque inftant groffit fa triomphante Cour:
Outre les Biens conftans qu'affeure fon retour,
Les Delices, les Jeux, les Feftins & la Dance,
Le tranquile Repos, & l'heureufe Abondance,
Nos champeftres Plaifirs avec tous leurs Appas
Se rangent à fa fuite, ou naiffent fur fes pas,
A fon Afpect s'enfuit la Fureur homicide,
L'Oppreffion cruelle, & la Haine perfide:
Car Themis qui la fuit tient le Glaive tranchant,
L'Appuy du Malheureux, la Terreur du Mefchant.

Chante en repos, Berger, ton amoureux martyre,

Ce n'est plus que d'Amour qu'il faut que l'on soûpire :

Et si mille ont sceu plaindre une triste langueur,

Leurs Vers sont de l'Esprit, & les tiens sont du
Cœur.

EURILAS.

Au charmant Rossignol, l'Honneur de ce Bocage,

Cede de tous Oiseaux le different ramage :

Au savant Dieu des Vers, tu peux le disputer :

Et que pourra ma voix quand tu voudras chanter ?

Chante, fameux Berger, chante ces grands Miracles :

Du Dieu qui te cherit, consultant les Oracles,

Dy moy, qui tout d'un coup a sceu tarir nos
Pleurs

A banny de nos champs l'Outrage & les Voleurs

Et sous les verds Ormeaux, sur les vertes Fougeres

Ramené les concerts de nos jeunes Bergeres.

ACANTE.

Ce Prodige estonnant, ce changement soudain

N'est rien moins que l'effet d'une mortelle main.

Tu sais de nos malheurs l'histoire lamentable :

Tu sais où nous plongea la Discorde effroyable :

Puis comment fur nos Airs fi tendres & fi doux
Chanter Mars & Bellonne & leur ardent couroux :
Dans nos Antres fuyons les Armes fanguinaires :
Perdons le fouvenir de nos longues miferes.

La Mere, de LOUIS qui dès fes premiers jours
Dontoit les Sangliers, & terraffoit les Ours,
La Mere, du Berger dont les grands Pafturages
De l'une & l'autre Mer bordent les longs rivages,
ANNE a fait ce miracle, elle a flechy les Dieux
Par les devots foûpirs d'un cœur humble & pieux.

EURILAS.

Rien que les doux Zephirs ne refpirent pour elle:
Loin des fiers Aquilons foit la rage cruelle :
Vous Mirthes amoureux, vous odorans Jafmins ;
Malgré les froids Hyvers croiffés dans fes Jardins.
Que des plus belles fleurs on couronne fa tefte :
Qu'à jamais nos Pafteurs folemnifent fa fefte :
Qu'elle foit immortelle & jouiffe à jamais
Du doux fruit de fes Vœux, de fa charmante Paix.
Au moins puiffent les Dieux, malgré les deftinées,
Pour prolonger fes jours accourcir nos années.
Entonne fon beau nom dans tes nobles concerts :
Et pour le celebrer eleve encor tes Airs.
Ainfi le beau Daphnis aux champs de Siracufe
Efleva quelquefois fa douce Cornemufe ;

Ainſi par ſon ſujet reglant ſes doctes ſons,
L'Amant d'Amarillis varia ſes Chanſons.
Chanter cette Bergere en vertus ſans ſeconde ;
Acante, c'eſt chanter la merveille du monde:
J'ayme mieux tes beaux vers, que le plaiſir de voir
Tomber ce fier Torrent deſſus ce Marbre noir :
Du depit de ſa chute écumer de furie ;
Et flatter en grondant ma douce réverie.

ACANTE.

Dans un ſi beau ſujet je trouve aſſez d'appas ;
Eſcoute ſeulement, & ne me flatte pas.
ANNE, à qui pour ce Fils remply de tant de
    charmes,
La douce amour de Mere a donné tant d'alarmes,
Dans nos Antres ſecrets entre les verds Pavots
Ne ſçavoit où trouver un moment de repos.
Le bruit de cent combats troubloit de nos bocages
Le ſilence profond, & les ſacrez ombrages.
Son LOUIS s'animoit au bruit de ces combats ;
Il mépriſoit deſja nos champeſtres ébats ;
Ramaſſoit des Hameaux la bouillante Jeuneſſe ;
Et leur montrant de Mars la dangereuſe adreſſe,
Il faut eſtre vaillans, diſoit-il, ô Bergers :
Il faut loin de nos Parcs chaſſer les Eſtrangers ;
Allons, allons donter juſqu'en leur propre terre
Les Peuples bazanés qui nous ont fait la guerre.

ANNE, à ces fiers propos, trembloit pour ce
    cher Fils.

Elle ne sçait que trop le malheur de Thetis :

Que malgré tant de soins, & la force des char-
    mes

Le plus Vaillant des Grecs succomba sous les Ar-
    mes

Dans les ennuis mortels qui deschiroient son cœur,

Elle a recours à JULE à ce sage Pasteur,

Dont les rares secrets aux Neveux incroyables

Jamais (quoy qu'on ait dit) n'ont fait de mise-
    rables

Qui cent fois au contraire en nos troubles nou-
    veaux ,

Consola les Bergers, & sauva les Troupeaux.

JULE des mesmes soins a son ame agitée :

Car de la mesme amour il la sent transportée.

Bannissons, luy dit-il, ces soins injurieux,

Ce qui nous peut guerir est l'ouvrage des D'eux,

A ces mots il ordonne un fameux sacrifice :

Mais pour rendre à ses vœux tout l'Olympe pro-
    pice ,

Il offre seulement, avec le pur encens

Nos odorantes fleurs, nos rustiques presens.

Son ame humaine & douce , & ses mains inno-
    centes,

Du sang de nos Agneaux furent mesmes exemp es,

Une voix dans la nuë à ses vœux respondit :

La Paix avec Themis à l'instant descendit :

Abandonnant des Cieux les voutes azurées,
Elles fendoient les airs de leurs aifles dorées :
Et fembloient venir fondre aux rives de ces eaux :
Semblables dans leur vol à ces viftes Oifeaux,
Qui planant fur les bords d'une Mer poiffonneufe
Razent les dures Rochers, & la vague écumeufe
Quand fur le haut fommet des Murs audacieux,
Qui ferment de L O U I S le Verger fpacieux,
Semblant fe repofer, comme pour prendre haleine
Dans la rapidité de leur courfe foudaine,
Sans le fecours de JULE, en un piege fatal,
Les retenoit encor le Difcord infernal.

E U R I L A S.

Le plus grand des Humains eft l'admirable JULE
Moins de monftres que luy donta le grand Her-
    cule.
Ah pluftoft dans le Rofne aux fept larges caneaux,
Le Parthe abbreuvera fes belliqueux chevaux,
pluftoft les froids Lapons boiront l'onde du Gange
Que je ceffe jamais de chanter fa louange.

A C A N T E.

Efcoute, efcoute encor, comme il a combatu :
Et dans fon plus beau jour voy briller fa vertu.
    Au fommet de ces Monts, qui cachez dans la
    nuë

Semblent porter le Ciel de leur teſte chenuë ;

Le Monſtre ſans raiſon qui deſola nos champs ;

Se trouvant ſans pouvoir dans le cœur des meſ-
chans,

Se cachoit ſous l'amas de ſes armes tranchantes

Du ſang de nos Brebis encore degoutantes.

Là, dans ſon cœur rongé de ſes mornes fureurs ;

Il ne medite encor qu'Embraſemens, qu'Horreurs:

Par ſes vœux ſourds & noirs, rapellans le Carna-
ge

Au fond d'un antre obſcur il écumoit de rage :

Quand ces deux Deïtez l'eſpoir de tant d'humains

Tomberent par malheur dans ſes cruelles mains.

L'inflexible Diſcord les accable de chaiſnes.

Et desja renouant ſes trames inhumaines,

Il void comme ſa Proye, & devore des yeux

Nos Jardins émaillez, nos Champs delicieux.

Mais plus prompt que l'éclair, plus viſte que la
foudre

Sous ſon rapide Char faiſant voler la poudre :

JULE, part, vole & fond où le preſſant danger

Sembloit, & ſon grand cœur, & ſa vie engage

L'entrepriſe pour luy n'a rien de formidable :

Il contemple du Mont la cyme impenetrable :

Les Pins, qu'il void de loin luy ſervir de cheveux

Sont battus du Tonnere, & des Vents orageux :

De Glaçons diftillans fa Tefte eft heriffée :

Sur ces Gouffres beants la Neige difperfée :

De fes Flancs entrouverts les Torrents vagabonds

Roulent blanchis d'efcume , ou s'élancent par
　　　bonds.

La Prudence de J u l e aplanit ces obftacles :

Sa Voix quand il luy plaift fait les plus grands
　　　Miracles :

De la Paix éplorée il a brifé les fers ;

Il a plongé le Monftre aux plus creux des Enfers.

E U R I L A S.

Donc , ô fage Berger chantant nos douces peines

Dans nos Bois , dans nos Champs , dans nos ferti-
　　　les Plaines ,

Sans crainte nous allons conduire nos troupeaux :

Autour de nos Brebis voir fauter leurs Agneaux :

Et dormir au doux bruit d'une onde vive & claire

Où bourdonne à l'entour l'Abeille mefnagere :

Et J u l e , de nos cris tant de fois tourmenté,

Nous fait cette abondante & douce oifiveté

A C A N T E.

C'eft luy-mefme , Eurilas, & luy feul a la gloi-
　　　re

De cette memorable & penible victoire :

Il n'en doit nul partage à fes jaloux Rivaux :

Il n'a point de Second dans fes nobles travaux :

Cependant on a sceu que dans les siens à peine
Sans Second eust vaincu le vaillant Fils d'Alcmene.

EURILAS.

Ce Genie estonnant , ce celebre Estranger,
Ne peut estre un Mortel , ne peut estre un Berger.
Acante, c'est un Dieu , qui pour chasser la Guerre
Sous l'humaine apparence habite cette Terre.
Un Mortel eust voulu tant d'offenses venger,
Tant de biens excedoient le pouvoir d'un Berger.
Jamais autre qu'un Dieu n'eust fait tant d'avanta-
    ges ,
A qui ne luy causa qu'injures , & qu'outrages.
Sans cesse celebrons ses Miracles divers :
Mais, cher Acante, on dit qu'il dédaigne nos vers.

ACANTE.

Nostre estude innocente aime la Solitude,
Hait le bruit de Bellone & son inquietude :
JULE en connoist le Prix il aime les beaux Arts,
Mais pouvoit - il pour eux veiller aux Champs de
    Mars.
Mais crois - tu qu'aujourd'huy tout couronné de
    gloire ,
Il devienne ennemy de sa belle Memoire ;
Et que le Monstre affreux dompté par ses hauts
    faits ,
Prolonge nos malheurs dans le tems de la Paix.
Revenez, chastes Sœurs, aimables fugitives,

JULE vous tend la main sous ses vertes Olives :
C'est là que de vos Luts, de vos charmantes voix
Il attend le doux fruict de ses fameux exploits.

Couronné d'Amarante, & sous ces ombres calmes
A vos Soins immortels il consacre ses Palmes :
Allons, cher Eurilas, allons par les Hameaux
Exciter des Pasteurs les doctes Chalumeaux.
Soûpire cependant l'Amour tendre & discrete,
Qui deffend de l'oubly le nom de Timarete :
Conte ses doux appas aux Echos estrangers,
Aux Flots de la Garonne, à ces verds Orangers.

EURILAS.

Nommer une Bergere aimable, jeune & belle,
Acante, c'est souvent la nommer infidelle :
Guery, graces au Ciel de ma triste langueur,
Ainsi qu'en ces beaux lieux la Paix regne en mon
cœur.

Acante, consacrons, & nos cœurs & nos veilles,
Aux grands labeurs de JULE, à ses rares merveilles.

AVIS

AVIS AU LECTEUR.

*A*U lieu de ces Préfaces fouvent inutiles, j'ay crû qu'il
feroit plus à propos d'ajoûter à la
fin des Eglogues les deux Lettres
écrites fur la premiere. Je les y ay
mifes comme un échantillon de ce
qu'on pourroit m'objecter fur leur
fujet, & de ce que j'aurois à y
répondre.... Je fupplie feulement
les Sçavans de confiderer que s'il y
a quelques traits dans la cinquieme
Eglogue, où je me fuis un peu élevé au-deffus du ftyle propre à ce
genre d'écrire; fi la fixieme en eft

D

beaucoup plus éloignée , & si la
pluspart des pensees qui les compo-
sent sont plus amoureuses que champestres , je ne l'ay fait qu'après
avoir remarqué que le goust de mon
Siecle s'y portoit , & qu'elles plai-
soient davantage de cette sorte aux
Dames & aux Gens de la Cour.
En cela, je leur ay fait un sacrifice volontaire de mes propres sentimens; & j'avoue que de moy-mê-
me je me porterois bien plus volon-
tiers à une entiere imitation des
choses antiques , comme à la regle la plus juste que l'on puisse choi-
sir. Mais d'ailleurs c'est un assez
grand déplaisir d'estre asseuré qu'on
fait bien, & d'avoir le malheur
de ne pas plaire; c'est néantmoins
celuy où l'on s'expose bien sou-

vent, quand on s'attache au jugement du petit nombre qui dédaigne la multitude. Il semble
qu'il soit incompatible d'écrire
pour ce Siecle cy, & pour ceux
qui sont à venir. . . . Mais quoy,
c'est une folie de s'amuser à avoir
raison quand on dispute devant des
Juges qui ne l'entendent pas. S'ex-
poser en Public, c'est aprester
quantité de jugemens, peu de bons,
beaucoup de mauvais. Si une
chose est écrite avec conduite,
avec grace, & avec naïveté,
tous les demy-beaux Esprits qui
n'y voyent point le brillant des
fausses pointes, ou qui ne se sen-
tent point picquez par quelque fi-
gure fausse (comme leur sens) ne
font pas grand cas de l'Ouvrage,

ny de l'Autheur. Il y a long-tems
qu'on a dit, que de la portée du
Lecteur dépend le destin du Livre; & c'est encore une raison
pourquoy les Préfaces sont presque
toujours superfluës; car on ne
donne point le bon goust à qui ne
l'a pas, & il est facile de se
tromper dans le jugement que
l'on fait de ses propres Ouvrages; c'est pourquoy le meilleur
est d'en rien dire. Adieu.

LETTRE

DE
M. OGIER
A MONSIEUR
LENQUESTZ.

Sur la premiere Eglogue.

 E vous fuis redevable de deux Lettres, & d'une Eglogue: c'eſt un grand accablement pour un pareſſeux; & encore un pareſſeux qui depend de la plume d'autruy. Il eſt vray, Monſieur, que je pourrois

m'aquiter de vos lettres, en dictant
quelqu'une de ces resveries que vous
avez la bonté d'agréer, & de prendre pour bonne monnoye : mais
quant aux Poësies que vous m'avez
envoyé, vous ne me demandez pas
moins que des Differtations, qui ont
quelquefois des fuites de dangereuse
conféquence; témoin la querelle de
nos bons Amis Balzac & Heinfius.
L'expédient que vous me donnez d'en
conferer avec Mademoifelle voftre
Sœur, ne m'exempte pas de cet in-
convenient : elle a la memoire affez
heureufe pour vous rapporter fidelement ce que je luy aurois dit, & je
ne m'étudierois pas moins à parler
de cette matiere devant une fille d'efprit comme elle, qu'à vous en écrire. Je pouvois toutefois trancher la
difficulté en trois mots, *nunc oblita
mihi tot carmina*, fi vous ne m'aviez
point fait ce mauvais tour de montrer mon Château de Dammartin; &

de mettre ses ruines en perspective.
Maintenant il me faut malgré que
j'en aye confesser la qualité, & avouer
que j'ay lû autrefois Aristote, Horace, Scaliger, Castel - vetro, & la
Menardiere. Ces noms seroient capables de faire trembler un appren-
ty, & de luy faire apprehender un
grand orage sur ses nouveaux Lauriers: Mais certes, Monsieur de Segrais n'a gueres à craindre, ny de
leur part, ny de la mienne. C'est un
grand Maistre qui doit plustost servir de modelle aux autres, que d'objet à leur censure. Je veux croire
qu'il s'aquiteroit également bien de
tous les genres de Poësies; mais en
vérité, son style doux & facile est
extrémement propre à son sujet, &
proportionné à la tendresse, & à la
naïveté de ses pensées. J'ay esté autrefois en peine de ce que vouloit
dire Horace, quand il attribue, *molle*
atque facetum Virgilio ; je ne regar-

dois ce grand Poëte que par le côté de son Eneïde, & des Georgiques, & même j'avois de la peine d'ajuster ce *facetum* avec les Eglogues: mais pourtant c'en est le caractere. Ce mot ne répond pas toûjours à celuy de facetieux dont on use quelquefois parmy nous. *Veteres*, dit un docte Grammairien, *Facetum dixerunt quidquid venustum esset & elegans.* Et nostre Maistre Quintilien, *Facetum quoque non tantum circa ridicula opinor consistere, neque enim diceret Horatius facetum carminis genus natura concessum esse Virgilio. Decoris hanc magis & excultæ cujusdam elegantiæ appellationem puto.* Vostre Amy triomphe dans cette maniere, & même en quelques endroits où il imite Virgile, il ne se contente pas de l'égaler, il le surpasse

Nec te pœniteat pecoris divine Poëta,
Et formosus oves ad flumina pavit Adonis.

Voicy qu'il encherit, & l'invention

eft fort jolie, d'avoir transformé Venus en Bergere fi facilement.

L'aymable Deïté qu'on adore en Cythere,
Du Berger Adonis fe faifoit la Bergere.

Car c'eft eftre trop délicat de trouver à redire à ces deux Vers, d'autant que la rime n'en eft pas jufte à
nos oreilles Parifiennes.

Quamvis ille niger, quamvis tu candidus effes.
Qu'elle foit brune encore, & que vous foyez
blonde.

Il pouvoit traduire fidelement, &
la mefure du Vers s'y rencontroit.
Qu'elle foit noire, *&c.* Mais noftre
Brune eft bien plus agréable, & ce
teint eft capable de tous les attraits
la beauté, mais je ne crois pas
que le *Noir* de Virgile puiffe donner de l'amour ailleurs qu'en Ethio-
pie.

Hæc eadem ut fciret quid non faciebat Amyntas?
Que n'euft pas fait Iris pour en apprendre autant?

Une goute de lait n'eſt pas plus ſemblable à une autre, que ce Vers à
celuy de Virgile : mais celuy que voſtre Poëte ajouſte enſuite eſt tout Nectar, & tout Ambroiſie ; & je ne vois
rien de ſi tendre, ny de ſi mignon
dans tout l'Alexis. Et en effet ces
deux Vers valent deux mille Eſcus de
penſion.

Que n'euſt pas fait Iris pour en apprendre autant?

Iris que j'abandonne, Iris qui m'aymoit tant.

Cette meſme Iris avec ſes compagnes
Uranie & Philis, dont il veut donner de la jalouſie à Climene, ſurpaſ-
ſe auſſi de bien loin leurs Originaux,
quoyqu'à mon advis ils ſoient tirez
d'un Autheur qui au jugement
Cardinal Bembe, avoit le genie
ſi approchant de celuy de Virgile,
que ſon Tombeau eſt voiſin du Mo-
nument de ce grand Poëte, vous
voyez bien que c'eſt de Sannazar que
je parle.

At Proxinoe me quondam, non Polibotæ.

Filia defpexit, non divitis uxor Amyntæ

Quamvis culta finu, quamvis foret alba pa-
pillis, &c.

Que fi vous aimez mieux que cette
fantaifie foit prife du *Defiderium Lu-
tetiæ* de Buchanan (Sujet pour qui
fans doute à prefent vous n'avez pas
moins de paffion que d'eftime.)

Et me tympana docta ciere canora Lycifca

Et me blanda Melænis amavit, I berides ambæ.

Elle n'en eft pas moins belle & n'a
pas moins de merite, pour eftre ti-
rée du fonds de l'Ecoffe Sauvage.
Cette belle Marie Stuart qui donna
tant d'amour en France, & tant de
jaloufie en Angleterre, en étoit na-
tive.

Nous aurions fort mauvaife grace
nous autres Prédicateurs, qui vôlons
publiquement fur les grands chemins
& qui ne fommes parez que des dé-
pouilles des Auguftins & des Chry-

foftomes, de trouver mauvais qu'un bel Efprit dérobe adroitemen le feu du Ciel, je veux dire le genie & les inventions des bons Autheurs, pour les rendre meilleures & plus agréables. Si Monfieur de Segrais m'en croit, il continuëra fes nobles brigandages, qui ne ruinent & n'apauvriffent perfonne; il n'épargnera les Grecs non plus que les Latins, les Italiens non plus que les Efpagnols, veu mefmement la declaration de la Guerre. Que s'il veut imiter parfaitement fon Virgile, il faut qu'il paffe comme luy des Bois & des Champs, aux Camps & aux Armées, & qu'il nous donne un Poëme Héroïque en noftre langue.

Je croy bien, Monfieur, que fi je demeure toûjours dans les termes de la louange, & dans une approbation generale de l'Ouvrage de voftre Amy, vous jugerez que je n'en ufe pas de bonne foy, & qu'il eft impoffible qu'il ne fe remarque quelque petite

tache fur le plus beau corps du monde. J'en fuis d'accord avec vous, &
je m'en vay r'appeller, fi je puis,
cette humeur critique & querelleufe
que j'avois à vingt-cinq ans quand
je m'efcrimois contre les *Goulus &*
les Garaffes, afin de fatisfaire à voftre defir, & vous faire voir avec
quelle fincérité j'agis avec vous. Je
vous protefte toutefois auparavant
que je fuis du fentiment de l'honnefte homme qui difoit, *ubi plura*
nitent in carmine non ego paucis of-
fendor maculis. Gardez-vous donc
bien de croire que les remarques
que je vais faire, paffent dans mon
Efprit pour de grandes fautes. Ce
font des Ombres d'un Tableau, qui
peut-eftre luy donneront plus de luftre; ou bien des parties du Ciel,
qui font moins luifantes que les autres: enfin, quelque menace que je
vienne de faire, prenez cecy pluftoft pour des doutes que pour des
corrections; pluftoft pour des éc-

claircissemens que pour des censures.

Je suis bien d'accord que le discours
de Tirsis est le transport d'un Esprit
agité d'une passion violente, & par
conséquent qui ne doit pas avoir
une suite telle qu'elle se doit trouver dans le raisonnement d'un Ora-
teur ou d'un Philosophe. Neantmoins
son emportement doit estre reglé &
conduit par une fureur à la verité
qui est la Poëtique, mais qui toutefois a ses bornes & ses regles dans
ses entousiasmes, & à dire le vray,
ce doit estre un desordre régulier, &
une folie raisonnable. C'est pourquoy
je ne puis souffrir que vostre Berger
après avoir dit qu'il est trop heureux,
si Climene veut seulement consentir
à ses peines, ce qui est la déclarer
cruelle au dernier point, ne laisse pas
toutefois immédiatement après de
douter, & apparemment de croire
qu'elle est capable de recevoir des
presens de sa part. En effet, ce mouvement d'esprit me semble incompa-

tible avec la cruauté dont il se plaint.
Il ne luy doit pas tomber en la pensée, qu'une Bergere qui a tant d'a-
version pour luy, & dont toute la
faveur qu'il espere, est de consentir
à son supplice, puisse estre en disposi-
tion d'accepter des presens de sa main
qui est toute la grace qu'il en pourroit attendre, s'il en estoit passion-
nement aimé. Ce n'est pas que l'of-
frande de son Agneau ne soit bien
naïve & bien touchante, si vous la
considerez séparément : mais il y vient
trop brusquement, & il se précipite
en un lieu où il falloit descendre. En
un mot, il me semble qu'il faut préparer l'esprit de la Déesse irritée par
quelque tour d'adresse, pour la rendre susceptible de l'Oblation qu'on
luy veut faire. Et puisque j'ay passé
les bornes de la modestie, en me
rendant Censeur d'un si parfait Ouvrage, il faut que je vienne au dernier degré de l'impudence. Cela s'appelle, *achever la Venus d'Appelle.* Je

voudrois donc inferer en cet endroit
quatre Vers, & lire de cette forte.

Je feray trop heureux, belle & jeune Climene,
S'il vous plaift feulement confentir à ma peine?
Non, je ne cherche point de traitement plus doux
Si non que vous fouffriez que je fouffre pour
   vous?
Qu'au pied de vos Autels, fans que je vous fle-
   chife,
Mes Troupeaux, & mon Cœur, j'immole en
   facrifice:
N'ay-je point quelque Agneau dont vous ayez
   defir? &c.

Si Tircis veut adopter ces quatre enfans, je les luy abandonne, à la char-
ge toutefois qu'il employera quelque
trait de fon pinceau pour les rendre
plus femblables à leurs freres qu'ils
ne font.

Sa Pallas eft belle, chafte & ge-
nereufe: mais qu'a Pallas à démefler
avec les Hutes des Bergers, leurs
Flutes, & leurs Mufettes?

Pallas quas condidit arces

Ipfa tenet.

Elle

Elle se plaist dans la ville d'Athenes
ou de Sparte, & rarement la trouve-
ra-t'on sur le Mont de Menale, ou
dans les Prez de l'Arcadie. Elle tient
un Javelot, & non une Houlette,
elle porte une Ægide & non pas
une Panetiere : D'ailleurs on sait l'a-
version qu'elle a pour les Musettes
& pour les Flutes. Elle en jouoit au
bord d'un ruisseau qui luy servoit de
Miroir ; ses joues enflées luy déplu-
rent ; elle jetta de dépit dans l'eau
l'instrument qui l'obligeoit à faire
une si laide grimace.

Le Poëte peut-estre me dira que
je n'aperçois pas qu'il veut parler de
Mademoiselle ; mais la chose est trop
claire pour n'estre pas visible. Cela
ne dispense pas toutefois un Berger
de recourir à des Divinitez qui luy
sont étrangeres. Comme Pan dont
il fait mention, luy tient lieu du
plus grand de ses Dieux, & qu'il
n'y en a point qui luy soient plus ve-
nerables. Aussi ne se doit-il point

imaginer de Déeffe plus relevée ny plus adorable que Palès qui prefide aux pâturages. Son nom fe rencontre heureufement prefque du mefme fon, & il eft de mefme mefure que celuy de Pallas, & par un changement d'un ou de deux épithetes, il peut facilement l'accommoder à fa Princeffe. Quelque merite, quelque beauté que Dieu luy ait donné, quelque grandeur de courage que fa haute naiffance luy infpire, un Pafteur luy fait toûjours honneur de la reprefenter fous l'image de fa Déeffe tutelaire, & fous le nom de celle que Virgile nomme la grande Palès, & qu'il prefere mefme au Dieu Apollon.

Te quoque magna Pales, & te memorande cϡ-
    nemus
Paftor ab Amphrifo.

Il eft vray que ce Dieu transformé en Pafteur fur les bords d'Amfrife, eft en mefme temps devenu fujet de la Déeffe des Bergers; ajoû-

fez à cela qu'elle étoit en grande
veneration parmy les Romains, qui
marquoient le jour natal de leur
ville, de celuy de la fefte qu'ils ap-
pelloient *Palila*. Et de vray, cette
Déeffe devoit eftre confidérée par-
ticulierement à Rome, non feulement pour la rencontre dont je viens
de parler, mais à caufe qu'elle eftoit
Tutelaire & la Patronne de fes Fon-
dateurs, & de fes premiers Habitans
qui furent des Pafteurs. Ce qui a
fait dire à du Bellay, fur ce qu'elle
eft gouvernée aujourd'huy par le Pa-
pe, fous le titre de Pafteur, qu'il
eft fatal à cette Terre d'eftre com-
mandée & poffedée par des Pafteurs.
En voila que trop, Monfieur, pour
établir la grandeur & la divinité
de Madame Palès, & juftifier le
Paralele que l'on peut faire de Sa
Majefté Rurale avec Son Alteffe
Royale.

Les *Paifibles Marais* me cho-
quent un peu, il faut ce me fem-

ble, que les Epithetes foient les plus propres, les plus particulieres, & les plus individues que l'on puiffe choifir pour le fujet dont on parle. Or il eft commun aux Champs, aux Bois, aux Prez, aux Montagnes, aux Vallées, d'eftre cois, tranquiles & paifibles auffi-bien qu'aux Marais: Voire mefme ceux-cy pour l'ordinaire font pleins du bruit & des cris importuns des Grenouilles, lefquelles y font leur domicile, comme elles y trouvent le lieu & la matiere de leur naiffance, qui eft le limon de la terre.

Semina limus habet virideis generantia ranas,
Et veterem in limo ranæ cecinere querelam.

J'aimerois donc mieux dire, *les humides Marais*, qualité qui leur eft fi propre, qu'ils ceffent d'eftre Marais, s'ils ne font plus humides.

La Valeur brillante eft d'un beau luftre à la verité, fi fon éclat fait quelque effet, comme d'éblouir, d'effacer, de ternir celles des Alexandres & des Cefars. Mais Valeur brillante fufpendue & fans effet, ou avec un effet peu conforme à fon brillant, qui eft d'affeurer le repos des Bergers, eft (fauf correction) une Epithete fuperflue & inutile. Qu'en dites-vous, Monfieur, prenez garde que cette trop grande déférence que vous avez pour moy n'engage voftre jugement à condamner un Vers pour eftre plein de lumiere. Toutefois qui diroit ainfi :

Genereux Montauzier, dont l'ame vigilante
Affure le repos des Bergers de Charante,

Auroit - il beaucoup empiré les louanges de Monfieur le Gouverneur de Xaintonge ? Les Thebains ne dorment - ils pas en feureté fous la caution de la vigilance d'Epaminondas ? Je ne garde ny ordre ny méthode dans ces Obfervations, & je prens voftre Eglogue tantoft par les pieds, & tantoft par la tefte, fa beauté m'ayant obligé de la relire plusieurs fois; j'ay dicté à mon Scribe confusément ce qui m'est venu chaque fois en la pensée. Dans la derniere lecture que j'en viens de faire, j'ay fait réflexion sur ces deux Vers.

Quiconque fait aimer peut devenir aimable !
Tel fut toûjours d'Amour l'Arrest irrevocable.

J'ay quelque scrupule de ce raisonnement. Une chose qui peut estre & ne peut pas estre; qui est tantost d'une maniere & tantost d'une autre; qui peut réussir & ne réussir pas : & pour parler d'un Arrest en terme de Pratique, une chose qui est exécutoire & non exécutoire, ne peut estre appellé *Arrest irrévocable.* Tircis qui fait aimer peut devenir aimable : mais aussi il peut devenir odieux, principalement dans l'esprit d'une Bergere ingrate & cruelle comme est *Climene.* J'avoue que c'est un grand secret pour estre aimé, que d'aimer ; *Marce ut ame-ris ama.* Mais fon effet n'eft pas infaillible : On peut donc bien dire que c'eft une regle ordinaire , qui fouffre pourtant des exceptions , mais non pas que c'eft un Arreft irrévocable dont l'effet ne fe peut éviter.

Voilà , Monfieur, ce que jay à vous dire touchant l'Ouvrage de voftre Amy, ce qui ne vous fera pas une legere preuve du pouvoir que vous avez fur mon Efprit. Je ne mettray plus en ligne de compte ma pareffe , qui ne fe peut éveiller fans murmure , fi ce n'eft voftre main propre qui luy tire l'oreille. A vous dire le vray , fi je fais quelque étude maintenant, elle eft fort éloignée de ces matieres, qui ne font gueres plus feantes à ma profeffion qu'à mon âge , & je vous puis affeurer que je ne lis plus d'autres Poëfies que celles de David dans mon Breviaire. Mais encore

quand cette confideration cefferoit
vous avouerez que voftre autorité
eft grande fur moy pour m'obliger
d'opiner par écrit fur les Ouvrages
d'autruy. Les Autheurs de ce temps
font fi jaloux des productions de
leur efprit, qu'ils ne nous laiffent autre lieu de prononcer fur leur merite que celuy de l'approbation. Un
coup d'ongle les offenfe davantage,
que mille battemens de mains ne
les obligent. Si voftre Amy eft de
cette humeur : & fi parmy tant de
perfections de fa Poëfie, il a ce dé-
faut qu'un Ancien attribue aux Poë-
tes, *Genus irritabile vatum*, je vous
conjure de brûler cette Lettre inconti-
nent après que vous l'aurez eu lûë. Ne
m'attirez pas, je vous prie, une querelle fur les bras, fur le point que
je fonne la retraite, & que je ne
cherche que le repos, auffi d'autre
cofté, comme il eft bien probable
que je me trompe de faire un tel
jugement d'un honnefte homme ;

obligez moy de luy offrir mon ser-
vice & mon amitié, sans autre com-
merce que par vostre entremise. Je
ne suis plus en estat de composer de
belles Lettres, & sans la familiarité
qui est entre nous, je n'oserois plus
répondre aux vostres Mais ces de-
voirs d'amitié pour vostre égard du-
reront autant que ma vie, puisque
je seray jusqu'à son extremité.

MONSIEUR,

Vostre très-humble & très
fidelle serviteur
F. OGIER.

A Paris ce 6. Septembre 1655.

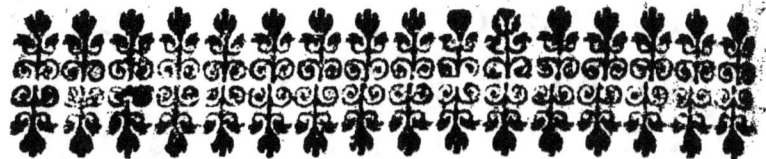

LETTRE

A MONSIEUR

HUET.

En Response de la précédente.

JE vous ayme trop pour ne vous pas faire part d'une très-belle cho-se : c'eſt de cette diſſertation que Monſieur Ogier a pris la peine d'é-crire à Monſieur Lenqueſtz ſur le ſujet de mon Eglogue , & je croy que vous m'aimez trop auſſi pour n'eſtre pas bien aiſe de voir qu'un homme de ſa capacité & de ſon mé-rite a bien voulu hazarder un peu de ſa réputation pour me donner

des louanges qui ne me font point
deuës. Pour moy, Monfieur, je me
perfuade que vous ferez de mon
advis quand vous aurez veu cette
belle Lettre & que vous me confeil-
leriez fans doute de m'en tenir à
fon fentiment, fi pour mériter les
louanges qu'il me donne, il n'y
avoit qu'à confentir à fes cenfures.
Je vous avoue auffi que s'il y a
quelque chofe dans fon difcours
qui me puiffe déplaire, c'eft le feul
doute qu'il femble avoir que je ne
reçoive pas fa Lettre comme je le
dois ; Encore n'ayant point l'honneur d'eftre connu de luy, l'autorité & les exemples qu'il allégue fe-
roient qu'en fa place j'aurois peut-
eftre les mefmes fentimens. Il faut
fe referver à luy faire connoiftre,
comme à vous, que je ne recherche
dans ces fortes de productions qu'un
honnefte amufement; Que comme
je ne voudrois eftre loué que par
des gens comme luy, & qu'il eft

bien difficile de le meriter, j'en tiens
la gloire trop penible, & fais peu de
cas de celle que tant de gens re-
çoivent de toutes mains. En effet,
Monfieur, n'avons-nous pas dit mille fois qu'il eft impoffible de faire
rien de parfait : Qui ne fait d'ailleurs
la difference des goufts, & quand
on fe fera bien gefné pour contenter la plus faine partie du monde,
où va cette renommée? à diminuer
noftre fortune, bien fouvent & à
nous faire paffer en récompenfe
(comme j'ay apris que Malherbe
difoit autrefois) pour de grands
arangeurs de Syllabes, & pour des
perfonnes qui ont eu une puiffance fu-
préme fur les lettres & fur les mots,
afin de leur faire trouver leur place
& leur ordre un peu mieux que le
commun : fi on n'ajoûte encore
comme il difoit quelques fois qu'un
bon Poëte n'eft pas plus néceffaire
à l'Eftat qu'un excellent Joueur de
Quilles. Mais ce Joueur de Quilles

n'eſt-il pas trop heureux ſi ſon jeu
luy aide à paſſer les jours agréable-
ment : Et à cette condition - là ne
tirera - t'il pas un plus grand profit
de ſon exercice , que le meilleur
Joueur de Harpe qu'il y ait au monde n'en tireroît de ſa ſcience , ſi elle
eſtoit accompagnée d'un deſir inſa-
tiable de ſe faire entendre , & d'une
colere perpetuelle contre toutes les
oreilles fauſſes & ennemies de ſes ac-
cords. Que tous les Tircis faſſent
des Eglogues pour toutes leurs Cli-
menes , ſi cela leur peut ſervir de
quelque choſe , ou ſi cela les amuſe.
Que m'importe de ce qu'on dira de
mes Ouvrages en mille lieux où je
n'iray jamais , & où quand j'irois, ce
ne ſeroit point pour y faire entendre
que c'eſt moy qui ay fait ces deux
Vers qu'on a trouvez beaux.

L'aymable Deïté qu'on adore en Cythère ,
Du Berger Adonis ſe faiſoit la Bergere.

Vous favez que comme d'ordinaire on eſt amoureux de ſes enfans; ceux - cy emporterent ma premiere amour après la production de cette premiere Eglogue, & je ne ſuis pas peu glorieux de voir qu'ils ont mérité la premiere approbation d'une perſonne docte & judicieuſe comme Monſieur Ogier, & qu'en cela mon ſentiment à eſté conforme au ſien. Mais il ſembleroit qu'inſenſiblement je conſentirois au bien qu'il dit de moy, au lieu que c'eſt tout le contraire de mon deſſein, & que je ſay fort bien que ſi je dois recevoir ces Cenſures de la force de la verité qui l'a contraint de parler, je dois l'approbation qu'il me donne à l'amitié qu'il a pour une perſonne qui m'en témoigne beaucoup : d'autant plus que je trouve je ne ſay quoy d'ingenieux dans cette louange, qui eſt recherché au-delà de ma portée, & que je n'ay garde de m'approprier; non plus que ces habiles

imitations de Sannazar & de Bucanan , que vous savez bien que je
n'ay leus que depuis que cette Eglogue fut faite , puisque ce fut vous
avec qui je fis la premiere lecture
de ces divins Auteurs. Il y a un
Vers du Petrarque mot pour mot
dans une des belles Elegies de cette
incomparable Comtesse , que ses
beaux Vers ne rendent pas moins
illustre que les grands personnages
qu'elle compte parmy ses Ayeux.

Et si ce n'est Amour, qu'est-ce donc que je sens?
S'Amor non è, che dunque è qu'ell' ch' io sento?

Et comme ce Vers François n'est pas
moins beau, moins doux, ny moins
naturel que l'Italien, je croirois bien
qu'elle l'a moins tiré de ce grand
Poëte si savant dans toutes les choses tendres, que de la source d'où
il l'a tiré luy-mesme : cest-à-dire de
ce beau naturel qui se remarque dans
les Ouvrages de cette personne si celebre , où reluit toûjours je ne say

quoy de fa beauté & de fa grande noblesse. De mesme que les Philis, les Iris & les Uranies ont pû naître du mesme lieu d'où ce docte Napolitain a tiré,

At non Praxinoe me quondam , non Polibotæ
Filia despexit, &c.

Et ce qu'il cite de Bucanan , si l'un & l'autre mesme ne font point une suite de l'idée de ces Vers qui se lisent dans l'Alexis.

Nonne fuit satius tristes Amarillidis iras
Atque superba pati fastidia ? nonne Menalcam ?

Original à mon gré qui passe toutes ses Copies, pour la tendresse que j'y remarque : encore comme c'est dans la mesme langue, ces Messieurs devoient faire un peu plus de scrupule de leur larcin. Mais recevant les censures de Monsieur Ogier avec la soumission que je dois , laissons là les Eloges qu'il me donne , & demeurons d'accord ensemble qu'une

belle

belle & jeune Climene qui anime-
roit le peu de genie qui eſt en moy
& un grand Maiſtre ſavant, connoiſ-
ſeur & ingenieux comme luy, qui le
ſoutiendroit & le dirigeroit, me pourroit faire parvenir à quelque gloire,
ſi comme je vous l'ay dit, il y en a
en France à faire des Eglogues.

Demeurons auſſi d'accord avec luy
que *humides* convient mieux aux Marais que *paiſibles*, non que ce dernier ne puiſſe eſtre proprement dit
d'un lieu aquatique, qui n'eſt point
agité de Vent, & qu'on n'en puiſſe
trouver quelque autorité : mais comme l'idée de *paiſibles* eſt plus belle,
& que ce ne doit pas eſtre la mienne puiſqu'elle ne tend qu'à rabaiſſer
les *Rozeaux* comparez aux *Cheſnes* :
le Vers ſe trouvant d'ailleurs auſſi
doux à l'oreille qu'il l'eſtoit à cauſe
de la terminaiſon féminine de l'ad-
jectif ſuivie de la terminaiſon maſcu-
line du ſubſtantif ; j'ay crû le devoir
changer, & il m'a fort obligé de

m'en donner la penſée.

Le ſens des quatre Vers qu'il m'offre eſt grand & beau , & j'accepterois avec joye le preſent qu'il m'en veut faire , ſi je n'avois déja donné quelques Copies de mon Eglogue, qui en ont produit tant d'autres , que deſormais toute correction m'eſt preſque interdite.

Outre que la rime de *vous à doux* n'eſt que fort peu de Vers au deſſus, ce que les Autheurs ſentent mieux en leurs Ouvrages, que tous ceux qui y veulent changer quelque choſe : & meſme ce qu'il y auroit de faſcheux, c'eſt que l'Emiſtiche entier *d'un traitement plus doux* s'y rencontre preſque pareil, comme vous le voyez.

Mais Iris m'aſſeuroit d'un Empire plus doux.

Ne feriez - vous point auſſi quelque difficulté de faire offrir à Tircis ſon cœur & ſes Troupeaux , & puis de le faire revenir à l'offre d'un ſeul

Agneau : Quant à l'avertissement
qu'il me donne qu'il ne falloit pas
me précipiter où je devois descendre ; n'est-ce point assez pour ma ju-
stification que l'offre que Virgile fait
faire par Coridon à Alexis, d'une
flute & d'un Chevreuil, est presque
dans la mesme situation.

Est mihi disparibus septem compacta cicutis
Fistula.

Et ce qui suit n'est précédé que de
trois ou quatre Vers de ceux-cy, &
de quatre Vers qui n'y apportent
nulle préparation.

O tantùm liceat mecum tibi sordida rura,
Atque humileis habitare casas, & figere cervos,
Hœdorumque gregem viridi compellere hibisco.

Ce souhait si éloigné de la derniere
marque d'affection, est-il beaucoup
au dessus de celuy-cy ?

Je seray trop heureux, belle & jeune Climene,
S'il vous plaist seulement consentir à ma peine.

Pour moy, je croy que la Nymphe
qui pour toute grace permet à son
Amant de la suivre à la Chasse, ou
de demeurer dans son Hameau, ne
l'oblige gueres davantage que celle
qui approuveroit ses desirs, ou re-
cevroit ses services. D'ailleurs l'offre
des Presens ne se fait-elle jamais
qu'entre les personnes unies? Et l'ac-
ceptation de pareilles offres est-elle
toûjours une marque d'affection?
Comme toutes choses ont deux fa-
ces differentes, ne pourroit-on point
d'un autre costé louer l'art de mon
Eglogue en cet endroit, remar-
quant la rusticité qui se découvre
dans cette offre nuë & simple, si
conforme au caractere d'un Berger,
qui par la naïveté de sa condition
doit peu savoir l'adresse de faire
un present de bonne grace, & qui
par la violence de sa passion, dont
il est tout remply, doit estre éloigné de tout artifice. Voyez ce que
'est de la difference des gousts !

D'autres ont trouvé de l'invention en ce que je n'en fais venir Tircis à l'offre de ce qu'il a de precieux qu'au moment que la pensée luy vient que sa Maistresse est plus difficile à fléchir considerant, que c'est ainsi, que dans le peril on promet toutes les choses qui viennent dans l'esprit, jusqu'à faire quelques fois des Vœux ridicules, ou comme a dit Malherbe, *à peine payables*, & bien plus inferieurs encore à la Divinité, qu'un Agneau bien marqueté & choisi sur un Troupeau ne le peut estre d'une Nymphe ou d'une Bergere.

Je croy qu'il me sera plus difficile de sauver ma PALLAS entre vous autres Savans.

> Pallas quas condidit arces
> Ipsa colat,

a tout gâté & me fait un grand tort. Mais est-ce à dire, Monsieur, qu'elle ait pris en haine tout ce qui porte la Houlette, & que depuis le

jugement de Paris nul Berger n'ait
ofé fe préfenter devant elle. Je fay
bien que Palès eft une Divinité plus
champeftre; mais fi Pallas n'a rien
à démêler avec Tircis, quel raport
euft eu *Mademoifelle* avec *Palès* ?
Les Bergers ont toûjours tenu que
Pan eftoit leur Dieu ; mais le te-
noient-ils le plus grand de tous les
Dieux pour cela, & jufques à ignorer toutes les autres Deïtez? Ne par-
le-t-on point de Junon, ny de Venus, ny d'Apollon dans l'ancien Bu-
colique ? Qu'en dites - vous, vous
qui favez voftre Theocrite comme
je fay mon Eglogue? Vous qui dans
la fleur de voftre jeuneffe eftes un
des plus favans hommes de l'Euro-
pe, apprenez le moy, pour m'ofter
la peine de l'étudier ; & cependant
examinez un peu fi ce n'eft point affez pour juftifier un ignorant de ma
force, que *Pallas* foit du nombre
de ces Deïtez que Virgile invoque
au commencement de fes Georgi-

ques. Cette *Minerve* qui n'eſt pas
plus belle , plus chaſte, & plus ge-
nereuſe que la grande *Princeſſe* que
je veux ſignifier , non ſeulement n'eſt
pas oubliée dans le dénombrement
que fait ce grand Poëte de toutes
les Divinitez qu'il croit capables de
l'inſpirer, mais les Faunes, les Drya-
des & les Silvains n'y tiennent pas
un rang plus conſiderable , puiſque
meſme elle y eſt aſſociée avec Pan.

Adſis, ô Tegæe, favens, oleæque Minerva
Inventrix.

Il n'y a point de difficulté pourtant que parmy les Latins *Palès* euſt
eſté plus champeſtre : Mais ſi Virgile
euſt voulu ſignifier Livie, ou quelque grande Dame Romaine, l'euſt-
il fait entendre ſous le nom de cette
Déeſſe ? Et ſi j'avois ainſi repréſenté
Mademoiſelle , n'euſt - elle point crû
que je luy euſſe dit quelque injure,
ou du moins n'euſt-il point falu un
Commentaire à la marge de mon

Eglogue, pour luy faire entendre que c'eſtoit d'elle que je voulois parler? Peut-eſtre eſt-ce une ignorance de noſtre ſiecle, & un de ſes defauts, comme vous m'avez dit quelquefois, du peu de goût qu'il a pour les choſes qui faiſoient les délices des ſiecle anciens: mais ceux qui écrivent aujourd'huy feroient-ils bien de le mépriſer, & ne doivent-ils point s'y accommoder: c'eſt-à-dire autant qu'il ſe peut, ſans avilir noſtre Poëſie, & ſans la dépouiller de ſes plus ſuperbes habits: car je ne puis approuver cette complaiſance effeminée de ceux qui pour deſcendre à la baſſeſſe des plus ignorans, en ſont venus à ce point, de ne rimer que de la Proſe: qui ſemble réputer pour Pedantiſme tout ce qui peut marquer quelque érudition: l'aplication ingenieuſe de la Fable, les riches deſcriptions & les plus agreables ornemens de ce divin langage, pour peu qu'ils ſe trouvent au-deſſus de la portée des

Dames les plus ignorantes. Mais pour
en venir à mon sujet, *Mademoiselle*,
ayant toutes les qualitez de *Pallas*,
& moy pouvant aifement avoir celles que j'attribue à Tircis, puifqu'il
n'eft queftion que d'aimer une jeune
Climene: Cette grande Princeffe ho-
norant quelquefois mes Vers de fon
attention, ce Tircis ne peut-il point
dire que *Pallas* aime fon chant: Car
on peut ajoûter encore à ma deffen-
fe que je ne parle ny de Flageolet,
ny de Mufette en ce qui la touche ;
mais feulement de mon chant ce qui
peut convenir en quelque forte avec
la Déeffe qui préfide aux beaux Arts.
Je m'en rapporte pourtant bien plû-
toft au fentiment des perfonnes fa-
vantes, comme Monfieur Ogier &
Vous, qu'à ce qui en feroit décidé
dans le Cabinet de la Reine, & dans
ces fuperbes Ruelles où l'on juge fi
fouverainement de tant de belles chofes que l'on ny entend gueres: quoyque je fois très perfuadé que *Palés*

y feroit fort mal reçûë.

Je combattray plus hardiment le fcrupule que luy donne mon *Arreft irrévocable* ; car j'ay leu depuis peu dans le difcours que le Taffe a fait fur le Poëme Heroïque à l'endroit où il traite de la Sentence : qu'il n'eft pas neceffaire qu'elle foit veritable, ny receue pour telle de tout le genre humain ; mais que c'eft affez que la perfonne que l'on fait parler la puiffe croire telle, ou la dire pour fortifier fa caufe, comme quand un Ambitieux dit : *fi jus violandum eft*, *&c.*

Un Avanturier,

Audentes fortuna juvat:

Un homme bien amoureux peut dire à fa Maiftreffe c'eft affez de favoir aimer pour eftre aimable : & il ne fait point mal de tâcher de luy perfuader qu'Amour l'ordonne ainfi ; de la forte qu'un tel Axiome eft prononcé, ce feroit toûjours un efpece d'Arreſt à ſon égard : de meſme que,

Quis modus adſit Amori.

Omnia vincit Amor,

Enſe maritali nunquam confoſſus aduiter.

Et mille Sentences pareilles qui ne
ſont pas indubitables, non plus que
celles qu'on met en la bouche d'un
mauvais Conſeiller, d'un Tyran, ou
d'un Scelerat, qui n'en rendent pas
l'Auteur garant comme,

La Juſtice n'eſt pas une vertu d'Etat.

La timide Equité détruit l'Art de regner.

Scelere tegendum eſt ſcelus.

J'ay veu les avis fort partagez ſur la
remarque qu'il a fait de *valeur bril-*
lante : Neantmoins, je ſuis de ſon
ſentiment. La Valeur d'un Capitaine
peut faire l'aſſeurance de ſes Trou-
pes : mais ce n'eſt pas ſi proprement
que ſa vigilance : Vous verrez donc
qu'en cela j'ay ſuivy ſon conſeil tant
pour la raiſon qu'il allegue , tant
parce que cette *valeur brillante* m'a

toûjours semblé d'un stile un peu
trop élevé pour une Eglogue : car
bien que ce ne soit plus le Berger
qui parle dans cette adresse , & que
le Poëte par conséquent puisse s'éle-
ver un peu davantage , il me semble que ce ne doit point estre en
sorte que le stile en soit tout-à-fait
different du reste : Mais je découvre encore une troisiéme raison de
ce changement , qui n'est pas moins
considerable à mon avis , c'est que
la *valeur brillante , & des Lauriers*
de Mars tant de fois couronné , ne
disoient que la mesme chose , & ne
donnoient que la mesme louange à
une personne tout-à-fait digne de
l'un & de l'autre ; & à un si haut
point , que c'est ce me semble , luy
en dérober une , que de n'en pas
parler : non que je prétende enfer-
mer dans l'adresse que je luy fais
de mon Eglogue , toutes celles qui
luy sont deuës. Mais il est certain
que sur tout il pourroit s'appliquer

ce beau Vers à qui Alexandre donna le prix fur tous les autres de
l'Iliade.

Sage au Confeil, & vaillant au Combat.

Pardonnez-moy, Monfieur, il eft
comme cela dans mon Plutarque : la
verité eft que c'eft là que je l'ay ap-
pris, & que je ne l'ay point confé-
ré avec l'Original. Voila ce que je
viens de penfer fur ce fujet ; fans
doute il y a bien d'autres chofes à
dire contre les louanges que me
donne Monfieur Ogier, mais je
croy que vous m'aimez affez pour
me vouloir difpenfer de les contre-
dire. Au refte, que ny vous ny perfonne ne prenne cecy pour une con-
eftation, car je ne pretens pas que
c'en foit une : la partie ne feroit pas
bien faite entre un homme auffi con-
fommé dans les Lettres que le celebre Monfieur Ogier, & une perfonne qui comme moy, n'en a qu'une
très legere teinture. Cecy n'eft écrit

que pour me divertir avec vous, &
pour vous communiquer mes fentimens, comme à celuy de mes amis
à qui je le découvre le plus libre-
ment, eftant perfuadé de voftre
grande capacité: & ce que j'eftime
encore plus que cela, d'une fince-
rité très-parfaite, d'une probité très
rare, & de l'amitié que nous nous
fommes promife. Adieu.

L'AMOUR

Guéri par le Temps.

TRAGEDIE.

Par M. de SEGRAIS.

ACTEURS

DE LA TRAGEDIE.

NEBELON, *Premier Prince du Sang de Charlemagne & General de ses Armées.*

AIMON.

ASTOLFE.

ROLAND.

RENAUD.

Troupe de Paladins.

Six ROIS *captifs.*

AGRAMANT, *Roi des Sarazins.*

ANGELIQUE.

MEDOR.

ZORAIDE, *Sœur de Dardinel, Roi des Sarazins, dont Medor étoit le Favori.*

ALMIRE, *Princesse parente de Zoraïde.*

ATLAND, *Magicien.*

MELISSE.

LA DISCORDE *& sa Suite.*

Les Plaisirs, les Jeux & la Jeunesse.

LE DEDAIN.

LA JALOUSIE.

LE TEMPS *avec les Saisons, les Heures & toute sa Suite.*

Ombres d'Amans & d'Amantes : d'Ambitieux : de Coquettes.

Chœur de François, de Catalans & de Catalanes.

Chœur de Bergers & Bergeres : Daphnide, Iris, Philis, Silvie, Aimante, Alcidon.

Chœur de Zephirs.

Troupe de Demons.

La Scéne est au bord de l'Ebre.

L'AMOUR
Guéri par le Temps.
TRAGEDIE.

ACTE PREMIER.

Le Théatre represente un Camp, & en son éloignement une Plaine où l'on voit le debris d'une grande Bataille.

SCENE PREMIERE.

AIMON, CHŒUR DE FRANCOIS, DE CATALANS & DE CATALANNES.

CHŒUR.

Victoire ! Victoire ! Victoire !
Que dans tout l'Empire François

G

L'AMOUR, &c.
On chante le plus grand des Rois,
Les fiecles n'en fauroient effacer la mémoire,
Victoire! Victoire! Victoire!

AIMON.

Le terrible Agramant fuivi de trente Rois,
Bien loin de ranger fous fes loix
Des invincibles Francs la belliqueufe Terre,
Dans fes propres états va voir tomber la guerre.
L'Ebre rougi du fang des morts
A furmonté fes bords.

CHOEUR.

Victoire! Victoire! Victoire!

DEUX FRANCOIS.

Rodomont eft tombé fous le fer de Roland,
Renaud eft partout triomphant.

BRADAMANTE.

Cette Amazone fi belle,
Cette Amante fi fidelle,
Sur les pas de ces Paladins
Efface pour jamais le nom des Sarazins.

CHOEUR.

Victoire! Victoire! Victoire!

DEUX CATALANS.

Chantons de ces Heros les glorieux destins :
Pour couronner leur tête
En cette fête
Allons dans nos Jardins :
Aux Lys de Charlemagne
Assemblons les Jasmins
Qui parfument l'Espagne :
Et cependant à haute voix
Chantons à l'ombre de nos Bois :
Victoire ! Victoire ! Victoire !

Tous les Chœurs répétent.

Que dans tout l'Empire François
On chante le plus grand des Rois.
Les siecles n'en sauroient effacer la mémoire.
Victoire ! Victoire ! Victoire :

Une danse doit entremêler ces trois differens Couplets
qui sont dans les trois genres de la Poësie &
de la Musique.

SCENE II.

NEBELON, *premier Prince du sang de Charle-*
magne & General de son Armée, Six Rois Captifs,
Troupe de Paladins, AIMON, CHOEUR, *&c.*

NEBELON.

R Edoutable Beauté ; par quel art enchanteur,
Viens-tu de nos Guerriers arrêter la valeur ?

AIMON.

Prince, vous vous plaignez ?

NEBELON.

　　　　　Tous ces Rois dans nos chaînes ;
Tant de morts entassez au milieu de ces plaines
　　　Marquent les Francs victorieux ;
Mais helas ! Agramant perissoit à nos yeux,
Ce jour exterminoit les Mores & la guerre :
　　　Je donnois la paix à la terre.

AIMON.

Par quel revers . . .

NEBELON.

　　　Au fort de ce combat sanglant

Parmi les traits, les cris & les alarmes
La fatale Angelique a fait briller ses charmes :
Et de Renaud & de Roland
Et de tous nos grands Chefs j'ai vu tomber les ar-
mes :
En cet instant
Tous n'ont eû d'ardeur que pour elle,
Il est vrai qu'elle est belle.

Les Rois & les Paladins repetent tous ensemble,

Il est vray qu'elle est belle.

AIMON,

Elle revient dedans ces lieux,
Celle dont le charmant & dangereux visage
Mit entre nos Heros tant de trouble & de rage.
Mais quel objet nouveau se presente à mes yeux ?

SCENE III.

NEBELON, CHOEUR, ASTOLFE.

NEBELON.

C'Est Astolfe sans doute,
Lui seul a pû tenter cette route :
Absent depuis longtemps & toujours amoureux

G iij

Nous craignions pour ses jours: le Ciel nous le ren;
     voye,

     Il ramene la joye,
     Et son retour est d'un présage heureux

ASTOLFE.

Des bords de l'Inde & du fond de l'Asie,
Au plus vaillant des Rois je viens offrir ma vie:
J'ay couru l'Univers; ce n'est que dans sa Cour
     Qu'on voit regner Mars & l'Amour.

SCENE IV.

NEBELON, ASTOLFE, ROLAND, RENAUD, ROIS PALADINS, &c.

RENAUD.

ANgelique a mon cœur, & j'adore ses charmes;
     Pour me l'ôter il faut m'ôter les armes,

ROLAND.

     Il faut perdre le jour,
     Ou renoncer à ton amour:
Angelique a mon cœur, & j'adore ses charmes,

ASTOLFE.

Quand on est jeune, on se croit trop heureux

Du vain honneur de languir pour les belles :
Mais quand on a paffé l'ardeur des premiers feux,
On hait l'empire des cruelles.
Je veux qu'on fe faffe en aimant
Un plaifir de l'Amour, & non pas un tourment.

ROLAND.

Angelique eft promife à qui dans cette guerre
De plus de Morts fera rougir la terre.
Angelique en ce jour
Eft deuë à ma valeur, eft deuë à mon amour.

Renaud & les Paladins repetent,

Angelique en ce jour
Eft deuë à ma valeur, eft deuë à mon amour.

NEBELON.

Calmez cette ardeur indifcrette :
L'Empereur l'a promis.
Angelique fera le prix
De la valeur la plus parfaite.

SCENE V.

NEBELON, ROLAND, RENAUD, ASTOLFE, ANGELIQUE.

ANGELIQUE.

Par quelle loi
 N'étant point fa fujette,
Sans mon confentement difpofe-t-on de moi?
 Aux bords heureux où fe leve l'Aurore
 Un monde entier m'obéit & m'adore :
Toi-même voudrois-tu renoncer à mon cœur ;
 S'il fe devoit à la feule valeur ?
 Et s'il étoit en fa puiffance,
En voudrois-tu faire une récompenfe?

NEBELON.

 Quel trouble fes yeux font fentir !
Qui peut à fa beauté ne pas rendre les armes?
Je fuis prêt de ceder au pouvoir de fes charmes :
Ce n'eft qu'en la fuyant qu'on s'en peut garentir.
Princes, fuivez mes pas.

SCENE VI.

ANGELIQUE, ROLAND, RENAUD,
ASTOLFE.

ANGELIQUE.

SI Roland m'eſt fidelle,
Si Renaud à ſes yeux me trouve encore belle,
Mon Triomphe eſt plus beau que d'avoir à mes loix
Soumis les plus grands Rois.

ROLAND.

Si je vous ſuis fidelle !

RENAUD.

Si je vous trouve belle !

Tous deux enſemble,

Quel cœur plus que le mien eſt percé de vos traits?

ROLAND.

Je veux mourir dans ma ſouffrance.

RENAUD.

Je veux vivre avec ma conſtance.

Tous deux ensemble,

Quand un objet rempli d'attraits,
A ses rigueurs fait mêler l'esperance,
On ne guerit jamais.

ASTOLFE.

Ignorez-vous qu'en Amour la Justice
Est le Caprice?
Presque toûjours les Amans malheureux
Ont la raison pour eux.

ANGELIQUE.

Astolfe a-t-il brisé ses chaînes?
Veut-il qu'Amour pour lui seul soit sans peines?

ASTOLFE.

De vos apas trompeurs j'ay sçû me dégager :
Malheureux qui les suit sans en voir le danger.

SCENE VII.

ANGELIQUE, ROLAND, RENAUD, ASTOLFE, AQUILANT.

AQUILANT.

Venez, Prince, accourez, le devoir vous appelle,

Tout le camp en rumeur
Eſt partagé par la fureur
Qu'entre tant de Rivaux allume cette Belle.

SCENE VIII.

ANGELIQUE, ROLAND.

ANGELIQUE.

ARretêz , Roland , arrêtez.

ROLAND.

O Reine des beautez ,
Des graces & des charmes ,
Arrêtez vous-même , arrêtez ,
Et goûtez le plaiſir de voir couler mes larmes ;
Helas je perds le jour ,
J'expire de douleur de ne pouvoir vous plaire.

ANGELIQUE.

Mais quoi ? Que puis-je faire
Pour ſoulager votre langueur ?

ROLAND.

Mettez un prix à voſtre cœur ,
Qù par excès d'amour un Mortel puiſſe atteindre :

Du moins daignez me plaindre ;
Et dire après ma mort :
Roland étoit digne d'un meilleur fort.

ANGELIQUE.

Je ne veux point qu'il meure,
Mais qu'il vive pour m'adorer,
S'il foûpire, s'il pleure,
Eſt-il le feul qu'Amour faſſe pleurer ?
Ou foupirer ?
Vous n'avez que Renaud pour rival redoutable,
Quand vous le combattrez, mes vœux feront pour
vous.

ROLAND.

Animé d'un efpoir fi doux,
C'eſt aſſez pour tout vaincre, ô Reine incomparable.

SCENE IX.

ANGELIQUE.

Par les confeils d'Atland ce favant Enchanteur,
De la Loi que je fuis fouverain Protecteur,
De mille attraits brillante
J'ai paru dans le camp des Francs ;
Et parmi mes Amans

Je viens de ralumer une guerre sanglante :
J'ai rempli son attente,
Il me tiendra sa parole à son tour,
Me rendant par les airs dans ce charmant sejour ,
Où j'a laissé l'objet de mon Amour.
Qu'il souffre en mon absence !
Si j'en juge par mon ennui.
Amour redouble sa souffrance,
Je crains de souffrir plus que lui.

SCENE X.

ANGELIQUE, *les Zephirs envoyez par*
Atland dans un Char qui descend du Ciel.

CHOEUR DE ZEPHIRS.

Medor languit, Medor s'ennuie ;
Medor s'afflige nuit & jour,
Et tu le trouveras sans vie,
Si tu diferes ton retour.

Un des Zephirs.

Il sait que dans ces lieux , parmi l'horreur des
armes ,
Tu fais briller tes charmes ;
Bien qu'il se fie à tes sermens ,
Bien qu'il s'assure en son amour extrême ,

L'AMOUR, &c.
Ce font toûjours de grands tourmens

De favoir ce qu'on aime

Environné d'Amans.

Vois fes chagrins, fes défiances,

Ses craintes, fes impatiences,

Et fes brûlans defirs

Qu'il t'adreffe par les Zephirs.

Les Amours qui reprefentent les diverfes paffions entrent,
& font le Balet à la fin de l'Acte.

CHOEUR DE ZEPHIRS.

Medor languit, Medor s'ennuie,

Medor s'afflige nuit & jour,

Et tu le trouveras fans vie,

Si tu diferes ton retour.

ANGELIQUE dans le Char.

Partons jeunes Amans de Flore,

Allons, courons, volons,

Hâtez-vous, preffez-vous encore,

Devenez Aquilons.

ACTE II.

Le Théatre change & represente un desert proche des deux Camps où le Magicien Atland consultoit les Demons.

SCENE PREMIERE.

ZORAIDE, *Sœur de Dardinel Roi des Sarazins, dont Medor etoit le favori,* ALMIRE, *Princesse Parente de Zoraide.*

ALMIRE.

Que cherchons-nous en des lieux si sauvages ?
La nuit approche, & sa noirceur
Vient redoubler l'horreur
De ce profond silence & de ces noirs ombrages.

ZORAIDE.

Moins tristes que mon cœur
Sont les plus tristes nuits & les bois les plus sombres :
Ils n'ont point d'assez noires ombres
Pour plaire à ma douleur.

ALMIRE.

Calmez cette tristesse ;
Ce frere qu'en ces lieux suivit vostre tendresse ;
Et qui depuis dix jours vous coûte tant de pleurs ;
Combatant pour sa Loi, mourut comblé d'honneurs :
Heritiere du thrône, allez regner Princesse ,
Allez avec Medor consoler vos douleurs ;
Il vous charme, & le sort vous rend libre & maitresse.

ZORAIDE.

Presqu'enfant à Medor j'abandonnai mon cœur ,
Medor du Roi mon frere eut toute la faveur,
S'il suivit sa fortune , Amour me le fit suivre,
A son Prince, sans doute, il n'aura pu survivre :
Je cherche en vain, mes pas sont superflus,
Medor n'est plus
Quelque grandeur qui m'environne ,
Ciel, tu ne me peux rien donner !
Que sert une couronne ,
Quand on n'a plus l'Amant qu'on voudroit couronner ?

SCENE II.

SCENE II.

ZORAIDE, ALMIRE, ASTOLFE *caché dans le Bois*.

ASTOLFE.

Tranquile & fortuné ton Amant vit encore ;
Son heureux fort accroîtra tes malheurs:
Et tu vas plus verfer de pleurs
Que n'en verfe l'Aurore.

ZORAIDE.

Qu'ai-je entendu ? Grands Dieux !
Eft-ce donc en ees lieux,
Que les Bois rendent des Oracles ?
Après tant de tourmens , Amour imperieux ,
Me faut-il préparer à de nouveaux obftacles ?

ASTOLFE.

Laiffé parmi les morts & tout preft d'expirer ;
Ce beau Medor qui te fait foûpirer,
Par les foins d'Angelique a confervé la vie.
De fon deftin fois éclaircie.
Le guériffant des traits dont il fut tout percé ;
Cette beauté s' ft bleffée elle-même:
Il l'adore, elle l'aime,

H

Guéris ton cœur d'un Amour insensé.

ZORAIDE.

Donc l'horrible malheur de n'être point aimée
Du seul objet qui m'a charmée ,
N'a fait que la moitié du rigoureux tourment
Que je souffre en aimant.
O voix impitoyable !
Tu n'es point véritable.
Allons d'Atland consulter le savoir ;
Son antre dans ces bois s'offre à mon desespoir.

Elle s'enfuit.

SCENE III.

ASTOLFE, ALMIRE.

ALMIRE.

Ou fuyez-vous, Princesse ?

ASTOLFE

Un moment , belle Almire ;
Ecoutez.

ALMIRE.

Qui m'appelle ?

ASTOLFE.

Astolfe, qu'en ces lieux
Attira sur vos pas un desir curieux,
Et qu'Amour . . .

ALMIRE.

Ah ! plutôt hâtez-vous de me dire,
Qui vous a découvert pour qui Medor soûpire.

ASTOLFE.

Tantôt sur l'Hippocrife élevé dans les airs,
Non loin de ces deserts,
Au bord d'un clair ruisseau qui fait un doux mur-
mure,
J'ai vu ces deux Amans l'un de l'autre enchantez,
Qui mesmes aux échos contoient leur avanture,
Et vantoient leurs beautez.
Ah ! que leur sort est agréable !
Qu'à les voir seulement Amour paroît aimable !
Vous qui pouvez tout charmer,
Ne voulez-vous point aimer ?

ALMIRE.

L'amitié seule est aimable,
L'amitié seule me plaît :
Amour, à qui le connoît,

Sera toûjours redoutable :
Il est frivole & trompeur,
Et sa fin la pius certaine,
Quand il est maître d'un cœur,
Est de se changer en haine.

ASTOLFE.

Connoissez mieux . . ,

ALMIRE,

Dans ce desert
Pendant ces vains discours Zoraïde se perd ,
Suivons ses pas.

SCENE IV.

Le Theatre s'ouvre dans l'enfoncement , qui represente l'Antre d'Atland, où ce Magicien paroist avec Agramant, Roi des Sarrazins , qui le vient consulter.

ATLAND.

G Rand Roy , je vais donc par mes charmes
De l'éternel sejour des plaintes & des larmes
Forcer pour t'obeir les antres tenebreux.
  Ici quand je le veux,
La porte des Enfers à ma parole s'ouvre ;
  Regarde & bannis la terreur.
  Terre ouvre-toi.

AGRAMANT,

Dieux ! quelle horreur !
Quel spectacle effroyable à mes yeux se découvre!

SCENE V.

AGRAMANT, ATLAND, *Ombres d'Amans*
& d'Amantes.

OMBRE I.

J'Ai manqué de foi
A qui fut tout aimable , & qui n'aima que moi.

OMBRE II.

Par d'injustes soupçons, & d'une mort cruelle
J'ai fait mourir le seul qui m'eût été fidelle,

AGRAMANT.

Qui font ces tristes voix ?

ATLAND.

C'est dans ce noir séjour
Que font punis les crimes de l'amour.
Ces plaintes font d'Amans & d'Amantes coupa
bles :
Leur nombre est infini, leurs remords incroyables.
Hiij

OMBRE III.

De mille Amans qui m'ont donné leurs soins
mais le moins aimable, & qui m'aima le moins.

Trois Ombres d'Ambitieux dont chacun dit.

: la seule grandeur mon ame fut charmée.

Troupe de Coquettes,

: mille sans aimer je voulois estre aimée.

Troupe d'Indiscrets.

Nous n'aimions que le bruit de nos fers,
Jusques dans les enfers,
Des faveurs qu'on nous fit nous ne pouvons nous
taire.

Tous ensemble.

Ah ! si jamais je retournois au jour,
Rien ne pouroit me plaire
Qu'un sincere & discret amour :
Ah ! si jamais je retournois au jour,
Rien ne pouroit me plaire
Qu'un amour discret & sincere.

ATLAND.

C'est parmi ces Amans,
Que pour redoubler leur martyre,

Et pour jouir de leurs tourmens,
La discorde se plaît d'exercer son empire.

AGRAMANT.

Fais donc passer comme tu l'as promis
Ce monstre dangereux parmi mes ennemis.

SCENE VI.

ATLAND, AGRAMANT, LA DISCORDE
& sa suite.

ATLAND.

Viens, fille du Chaos, donne trève à la guerre
Que tu fais à ces malheureux,
Et viens tourmenter sur la terre
Des Rivaux plus fameux.

LA DISCORDE.

J'obéis, & tu vois mon escorte ordinaire,
l'Orgueil & l'Interest, la Haine & ta Colere.

ATLAND.

Dans le Camp des François
Va faire retentir ta voix,
Et jette dans leurs ames
Tes redoutables flames.

LA DISCORDE.

De tant de Mores que dans ce jour
Leur fer a fait defcendre en   : affreux féjour ;
J'ai fû que par ton art , j'ai fu que par tes char-
    mes ,
Angelique a contr'eux tourné leurs propres armes.
Pour divifer les cœurs , quelle Divinité
    A le pouvoir de la beauté ?

AGRAMANT.

Déeffe redoutable,
Sois à mes vœux plus favorable.

LA DISCORDE.

Ne t'imagine pas
Que j'abandonne ta défenfe.
Je vais te faire voir les furieux combats,
Dont je veux défoler la France.

SCENE VII.

AGRAMANT, ATLAND, LA DISCORDE,
& sa suite. Troupe de Demons qui par un Balet re-
presentent les combats qui ruinent l'Empire de
Charlemagne.

LA DISCORDE, *après qu'ils ont dansé.*

Par ces combats sanglans,
Et par ses propres differens,
La race de Martel, indigne de la gloire,
Perdra l'Empire & le Sceptre des Francs,
Et fera honte à sa memoire.
Ces grands évenemens demandent quelques jours ;
Je vais solliciter la Parque
D'en avancer le cours :
Espere, Genereux Monarque,

AGRAMANT.

Allons par notre exemple & par ce noble espoir
Porter le Peuple More à faire son devoir.

SCENE VIII.

ZORAIDE, ATLAND.

ZORAIDE.

Sage Atland, qu'en ton art nul Mortel ne sur-
  monte,
Et qui ne t'en fers qu'en faveur
De ceux qu'accable le malheur,
Puisque tu connois tout, épargne moi la honte
De te raconter ma douleur ;
Est-elle fans remede ?
Et Medor ne peut-il m'aimer ?

ATLAND.

Un autre le possede,
N'espere plus de le charmer ;
Mais je vais, si tu veux, arracher de ton ame
Cette inutile flâme,
Et tu dois concevoir
Qu'obscurcir le Soleil, marque moins mon pou-
  voir,
Que d'eteindre l'amour dans le cœur d'une femme.

ZORAIDE.

Je vivrois fans aimer Medor !
Ah ! j'aime mieux encor

Mes plaintes & mes larmes;
Mon tourment a des charmes ;
Quand je devrois perdre le jour,
Ne m'ôte point mon malheureux amour.

ATLAND.

Que tes charmes, Amour, doux Enchanteur des
ames,
Sont au-dessus de mes Enchantemens !
Tu promets des plaisirs, & donnes des tour-
mens ;
Et dans tes fers, & dans tes flames,
Ceux que tu fais le plus souffrir,
Ne peuvent seulement souhaiter de guerir.
Je te plains, que veux-tu ?

ZORAIDE.

Si mon amour extrême
Ne peut me donner ce que j'aime,
Par ton pouvoir prodigieux,
Du moins rends-moi semblable
Au seul objet que Medor trouve aimable.
Que je paroisse Angelique à ses yeux,
Je l'entendrai me dire qu'il m'adore.

ATLAND.

Ce n'est point envain qu'on m'implore,

L'intereſt de ma loi
Se joint à la pitié qui me parle pour toi.

C'en eſt fait, par mon Art magique,
Tous ceux qui te verront, te croiront Angelique,
Entendront ta parole, admireront tes traits.
Fais-toi voir à Medor, il te prendra pour elle,

Tous les Amans de cette belle
En foule ſuivront tes atraits ;
Conduis leurs pas dans ces foreſts :
J'en vais faire un ſejour, où je veux qu'à jamais

Les plaiſirs & les charmes
Leur faſſent oublier, & la gloire, & les armes,
Démons, qu'en un moment on éleve un Palais.

ACTE III.

Le Théatre change, & représente le Palais d'Atland, où se passe le troisieme Acte.

SCENE PREMIERE.

ZORAIDE, *proche le Palais d'Atland.*

MEdor me croit celle qu'il aime ;
Et je ne sens nul changement ;
Il me suit, il m'adore. Heureux enchantement ;
Je te dois plus qu'à mon amour extrême.
L'art en amour, helas ! sert plus que l'amour même.
Medor au fond d'un Bois laissoit errer ses pas ;
Pendant que le Sommeil retenoit dans ses bras
La Beauté, qui m'est si fatale.
A peine ai-je paru, que mes foibles appas
Ont eu pour lui les charmes qu'elle étale.
Il a suivi mon visage imposteur ;
Et je ne dois qu'à son erreur
La frivole douceur,
D'affliger ma Rivale.

L'AMOUR, &c.
Tu dors d'un tranquile sommeil ;
Libre de toute inquiétude ,
Dans ta charmante solitude :
Angelique , tu dors d'un tranquile sommeil ;
Orgueilleuse Beauté , quel sera ton reveil ?

SCENE II.

MEDOR , ZORAIDE.

MEDOR.

BElle Angelique, incomparable Reine,
Pour soulager ma peine ,
Dites au moins où vous guidez mes pas ?

ZORAIDE.

Par-tout où je pourai fuir un ingrat que j'aime,
Et qui ne m'aime pas.

MEDOR.

Qui ne vous aime pas, Medor?

ZORAIDE.

Medor lui-même ;
Il a feint de m'aimer.

TRAGEDIE

MEDOR.

Et qui pourroit après vous le charmer ?

ZORAIDE.

Quoy ! la sœur de ton Roy, cette jeune Princesse,
Qui passa, pour te voir, tant de divers climats ;
    Par son rang, ni par ses apas,
      Ni par tant de tendresse,
  N'auroit pû te plaire un moment ?
  Tu me trompe, perfide Amant,
    Zoraide est aimable.

MEDOR.

  Elle seroit incomparable ,
  Si mon cœur percé de vos coups,
Avoit pû soûpirer pour d'autres que pour vous,
Redoublez mes desirs & mon impatience,
    Faites-moi souffrir nuit & jour ;
  Mais n'outragez point mon amour
  Par ces injustes défiances.

SCENE III.

*Les Plaisirs, les Jeux, la Jeuneße viennent recevoir
Medor & la fauße Angelique.*

LES PLAISIRS.

Venez dans un charmant séjour,
Où l'heureux & tranquile Amour
Donne à ses vrais Sujets tous les biens en partage;
C'est le Palais de la Felicité.
Venez, parfaits Amans, y recevoir l'hommage,
Que les Plaisirs doivent à la Beauté.

Deux des Jeux.

Par nos aimables Exercices,
Nous chassons de ces lieux les Ennuis languissans

Un Troisiéme.

Tout y flatte les sens;

Un Quatriéme.

Rien n'y manque pour les délices.

Un Cinquiéme.

Les yeux y sont ravis.

Un Sixiéme.

Un Sixiéme.

> Le cœur s'y sent charmé.

Les deux Premiers.

Mais le comble des biens , mais le bonheur extrême !
> On y voit toujours ce qu'on aime ,
> Et toujours on s'en croit aimé.

LA JEUNESSE.

> Je suis l'agréable Jeuneſſe :
> De ces lieux enchantez j'écarte la triſteſſe.
> Je regne en ce Palais ;
> Par mes atraits ,
> On n'y vieillit jamais.

Tous enſemble.

> Hors ceux qu'Amour enflame ,
> Nul n'eſt reçu dans ces beaux lieux.

LA JEUNESSE.

Il eſt la Jeuneſſe de l'ame.

Deux des Jeux.

Le ſeul des Jeux qui charme. . .

I

Un des Plaisirs.

Est le Plaisir des Dieux?

Tous ensemble.

Il est la Jeunesse & l'Ame ;
Le seul des Jeux qui charme, est le Plaisir des
Dieux.

Tous entrent dans le Palais, à la reserve d'un des Jeux.

SCENE IV.

ROLAND, *un des Jeux.*

ROLAND.

J'Ai su que dans ces bois Renaud a pris la
route :

Il se cache sans doute ;
Mais qui peut se cacher aux regards d'un Amant !
Mais où peut se sauver un Rival de Roland ?

Un des Jeux.

Loin d'ici, téméraire ;
Loin d'ici, furieux ;
Sors de ces lieux,
Où l'on ne peut se fâcher, ni déplaire.

ROLAND.

Angelique l'ordonne, & la mort en ce jour
Peut seule contenter sa haine & mon amour.

ZORAIDE, *qui se fait voir sur un Balcon.*

Roland, modere ta vaillance : ——
J'ai voulu seulement éprouver mon pouvoir ;
Mais j'aime mieux le plaisir de te voir,
Que la douceur de la vengeance.

ROLAND, *entrant dans le Palais.*

Est-ce vous, ô ma Reine, ordonnez de mes jours.

SCENE V.

ANGELIQUE & RENAUD, *qui arrivent chacun de leur costé.*

ANGELIQUE.

Bois & Rochers, vous êtes sourds,
Et Medor est plus sourd, & plus dur que vous
 n'êtes.
En vain je suis la trace de ses pas :
J'appelle & crie en vain, il ne m'écoute pas.
L'Amant dont je fais choix entre tant de con-
 quêtes ;

I ij

Me quitte pour un autre , & seule en ces desert
Il ne me reste enfin que la voix que je perds.

RENAUD.

Roland me défie & m'outrage ;
Peut-il douter de mon courage ?
Mais puis-je aussi douter qu'Angelique a changé
Et que je ne suis point vangé ?

ANGELIQUE.

Medor m'est infidele :
Une autre lui semble plus belle.
Devois-je craindre ce malheur ?
Puis-je le ressentir , sans mourir de douleur ?
Mais quelle fortune inhumaine !
Le même jour ,
Que j'ai perdu l'objet de mon amour
Me livre à l'objet de ma haine.

RENAUD reconnoissant Angelique.

Que vois-je ? ô Ciel ! c'est la Beauté ,
Dont , malgré moi , je me sens enchanté.
Un trait de ses yeux efface
Toute la haine de mon cœur ;
Amour y rentre , & tout fait place
A son ardeur.
Helas ! pour qui souffrai-je un tourment si sensible ?

ANGELIQUE.

Pour celle qui te hait, qui pour t'ôter l'espoir,
Avec le plaisir de la voir,
Aime mieux se rendre invisible.

Elle disparoist.

S C E N E   V I.

RENAUD, LE DÉDAIN.

RENAUD.

Viens, Dédain, viens à mon secours,
Viens me guérir de mes foles amours,
Viens, Dédain, viens à mon secours.

LE DEDAIN *vient, descend du Ciel en chantant.*

Qu'une charmante blonde
Ait couru tout le monde,
Sans que son cœur
Ait ressenti la moindre ardeur,
C'est une histoire
Belle à raconter :
Un Amant la peut croire,
Un autre en peut douter.

RENAUD.

Déja je me fens plus tranquile,
J'entends ta voix, Dédain, je te promets
De ne brûler jamais
D'une flame inutile.

LE DEDAIN.

Les vains fermens
Qu'entre mes mains font les Amans,
Ne durent d'ordinaire,
Qu'autant que dure leur colere,
Ou que ma flame les éclaire.
Si-tôt que je les quitte, ils changent de propos ;
Et cependant Amour les defefpere,
Et je ne veux que leur repos.

RENAUD.

Ne me quitte donc plus, ô Dédain fecourable !

LE DEDAIN.

J'en ai bien d'autres à guérir.
Mais crois un confeil raifonnable :
Fuis cette Beauté redoutable.

RENAUD.

Je la fuirai, quand j'en devrois mourir,

Déja je la trouve moins belle,

Elle eſt ſans graces, ſans atraits.

Mais que vois-je ? ô douleur mortelle !

Angelique dans ce Palais,

Et Roland avec elle !

SCENE VII.

ANGELIQUE qui ſe fait revoir.

JE ſuis dans ce Palais, & Roland avec moi;

　　Trompeur Atland, autre que toi

N'éleva dans ce Bois ce ſuperbe Edifice:

Je connois ton pouvoir, je vois ton artiſice,

　　Je cherche en vain Medor dans ces Deſerts,

Seul tu me l'as ravi, c'eſt toi ſeul qui me perds,

　　Sans me flater du pouvoir de mes charmes,

　　　Il eût eu pitié de mes larmes.

Ah ! c'eſt trop en ſouffrir, rentrez dans les Enfers,

　　Démons, & que tout Art magique

　　Le cede à l'Anneau d'Angelique.

*Le Palais diſparoît ; Zoraïde & Medor paroiſſent au
lieu où ils étoient.*

SCENE VIII.

ZORAIDE, MEDOR, ANGELIQUE.

ZORAIDE.

Que cherche Medor en ces lieux ?

MEDOR.

Excusez, grande Reine, une douleur mortelle,
Qui m'ôte la raison, & qui trouble mes yeux.

ZORAIDE.

Medor me fuit, déja Medor m'est infidele.

MEDOR.

Sœur de mon Roi, toujours à vos genoux
Vous me verrez prêt à mourir pour vous ;
Mais si vous permettez que ma douleur s'ex-
plique,
Vous êtes Zoraïde, & je vois Angelique.

ANGELIQUE.

Rentre en mes fers, Medor,
Pour m'enlever ton cœur, tout l'Univers cons-
pire :
Allons dans mon Empire,

M'affurer ce tréfor ;
Pour me le contefter , Reine , prenez les armes ,
Vous ne le fauriez par vos charmes.

SCENE IX.

ZORAIDE.

TRiomphe de ma honte , outrage ma douleur,
Infolente Rivale , infulte à mon malheur.
Je vais mourir , la mort me fera moins cruelle ,
Que ce qu'Amour m'a fait fouffrir.
Le Ciel m'eft ennemi , l'Enfer m'eft infidelle ;
Medor ne peut m'aimer , & je ne puis guérir.

ACTE IV.

Le Théâtre represente la belle Solitude où Angelique
& Medor s'étoient retirez.

SCENE PREMIERE.

DAPHNIDE, IRIS, BERGERS.

DAPHNIDE.

BErgere, est-ce ainsi qu'on se pare
Pour la Fête qui se prépare :
Seule en ces lieux ignorez-vous encor
Le retour d'Angelique,
Et qu'aujourd'hui Medor
Donne aux Bergers un Prix de Danse & de Mu-
sique.
Tout résonne dans nos Hameaux
D'Airs nouveaux,
De douces Chansonnetes :
N'entendez-vous pas les Musettes,
Les Haubois & les Chalumeaux?

IRIS.

Chantez, dansez, vous dont l'ame est contente :

Laissez plaindre & pleurer ceux que l'amour tour-
mente.

D A P H N I D E.

Quel noir chagrin trouble des yeux si doux?

I R I S.

Qui le sait mieux que vous ?
De nos Bergers j'aime le plus volage:
Je n'avois que l'avantage
De lui voir ignorer qu'il causoit ma douleur:
Et vous avez dit à celle
Qui me dérobe son cœur,
Que j'étois jalouse d'elle.

D A P H N I D E.

Je l'ai dit en riant : elle ne le croit pas.

I R I S.

Amour croit tout ce qui le flatte.

D A P H N I D E.

Quoique sa bouche plaise, & que son tein éclate,
Les peut-on égaler à vos divins apas ?

I R I S.

Peut-être qu'à tes charmes,

Les miens, fi j'en avois, fe pouroient comparer,
Mais le Dépit me fit pleurer,
Et ma Rivale vit mes larmes.

SCENE II.

ANGELIQUE, MEDOR.

MEDOR.

Cedres hautains, Planes audacieux,
Elevez-vous jufqu'au Palais des Dieux,
Et leur dites que je n'envie
Leur Nectar, ni leur Ambroifie.
Croiffez, Arbres, montez au celefte Séjour,
Et comme eux croiffez mon amour.

ANGELIQUE.

Ainfi qu'en la Saifon nouvelle,
Vous reprendrez une robe plus belle;
Puiffe ainfi notre Amour renouveller d'atraits.

MEDOR.

Et toujours croître, & ne vieillir jamais.

Tous deux enfemble.

Et toujours croître, & ne vieillir jamais.

ANGELIQUE.

Une autre cependant à tes yeux plus aimable ,
T'a fait m'abandonner , t'a fait suivre ses pas.

MEDOR.

Un autre ne l'a pû , qu'empruntant vos apas ;
De mon erreur l'Enfer seul fut coupable.

ANGELIQUE.

Malgré les Démons & les Dieux ;
Ton cœur, si tu m'aimois , eût démenti tes yeux.
Bien qu'après ce malheur , le mien ait tout à
craindre ,
Triomphe encor de mon couroux :
Donne-moi d'un cœur jaloux
Le plaisir le plus doux ,
Force-moi d'avoüer que j'ai tort de me plaindre.

SCENE III.

ANGELIQUE, MEDOR, BERGERS, BERGERES.

CHOEUR DE BERGERS.

ALlons , Bergers , allons gagner le
prix

L'AMOUR, &c.
Que Medor a promis.

ANGELIQUE

Je connois de vos chants l'amoureuse harmonie;
Le Rossignol n'a point leur douceur infinie :
Mais pour célébrer ce beau jour,
Il ne faut point parler des maux que fait l'Amour.

MEDOR.

Bannissez la tristesse, & que votre Musique
Soit digne d'Angelique ;
Chantez, jeunes Beautez: chantez discrets Amans,
Chantez de vos amours les plus heureux momens.

PHILIS.

A la Fête de Pan, Lycidas l'infidelle
Me quita pour Aminte, & moins jeune, & moins
belle,
Et crut que j'en mourrois d'ennui :
J'eus le prix de la Danse à cette même Fête,
Et je fis la conquête
D'Alcidon plus aimable, & plus jeune que lui.

SILVIE.

Après une cruelle absence,
Qui d'un parfait Amant
M'a fait si vivement
Craindre la mort, ou l'inconstance;

Je viens de le revoir en ce Bocage épais,
Plus amoureux & plus beau que jamais.

DAPHNIDE.

J'ai crû deux jours Lysidor infidelle,
Mon cœur en a souffert une douleur mortelle :
        Mon cœur, consolez-vous,
        Lysidor n'étoit que jaloux.

TIMANTE.

De nos Bergeres la plus belle,
Après avoir chanté les Vers,
        Que j'avois faits pour elle,
Remporta le prix des beaux Airs,
Et devant mes Rivaux, elle mit sur ma tête
La Guirlande gagnée à la derniere Fête.

On danse ; & après le Ballet, Medor reprend,

MEDOR.

        C'est assez, aimables Bergeres,
        C'est assez, aimables Bergers :
Reposez-vous sous ces verds Orangers,
        Sur ces vertes Fougeres ;
        Et recevez le Prix
        Que Medor a promis.
Votre danse ravit, votre belle musique

Est digne d'Angelique.

ANGELIQUE.

C'est trop peu de ces dons pour ces charmans concerts :

C'est trop peu de ces dons pour ces talens divers :

Je veux, pour célébrer cette heureuse journée,

Que de tout ce que j'aime, on fasse l'Hymenée.

Il ne faut sur le choix consulter que son cœur :

Je puis par ma faveur

Egaler la Fortune, & vaincre sa rigueur.

Allons, Medor, allons dans mon Empire ;

Tout est prêt pour nous y conduire :

Cet Anneau loin de nous écarte tous dangers.

Adieu, jeunes Beautez : adieu, jeunes Bergers.

SCENE IV.

BERGERS & BERGERES.

CHOEUR.

Qu'Angelique soit immortelle !
Soit immortel le beau Medor !

PHILIS, ALCIDON.

Que la Parque cruelle,
En faveur d'une Amour si belle,

N'ait

N'ait pour eux que des jours filez de foie & d'or.

CHOEUR.

Qu'Angelique foit immortelle !
Soit immortel le beau Medor !

AIMANTE, DAPHNIDE.

Soit leur Amour fidelle
Toujours vive & toujours nouvelle !

CHOEUR.

Soit immortel le beau Medor !
Et foit Angelique immortelle !

SCENE V.

ROLAND *arrive, & les Bergers s'enfuient.*

ROLAND.

ANgelique à Medor à pû donner fon cœur ;
A Medor Angelique ! éclatez, ma douleur ;
Tout me déclare mon malheur.
Dans cette Grotte il eut l'audace de l'écrire ,
Et je viens de le lire :
Entre tous les Mortels Medor le plus heureux ,
Et le plus amoureux,
Au frais de cette Grotte, au doux bruit de cette onde ,

K

Possédoit en repos la Merveille du Monde.

Le Chiffre d'Angelique à ces mots ajoûté,
Déclare leur félicité.

Pour rendre de Medor la victoire publique,
Est-il besoin de nommer Angelique?
O Dieux ! combien de fois,
Et les jours, & les nuits, par ses chants dans ces
Bois,
A cet heureux Medor a-t-elle fait entendre
Tout ce qu'Amour m'a fait lui dire de plus
tendre.

Des plaintes par qui j'exprimois
Le sincere abandon d'un Amour veritable,
Elle a fait le plaisir d'un Rival méprisable.
Helas ! peut-elle aussi se montrer plus aimable,
Qu'en lui representant à quel point je l'aimois ?

Amour ! quel est ton caprice ?
Est-ce ainsi qu'un Dieu rend justice ?
Angelique à Medor a pû donner son cœur ;
A Medor Angelique ! éclatez, ma douleur :
Tout m'assûre de mon malheur.
Je me trompe peut-être : allons, rentrons encore
Dans cette Grotte que j'abhorre,
N'a-t-on rien écrit de Roland ?

SCENE VI.

La Grotte de Medor se change en l'Antre de la Jalousie.
Cette Deesse est à la porte, & darde un Serpent
contre Roland.

LA JALOUSIE.

Coule, mortel Serpent,
Jusques au cœur ronge ce miserable.

ROLAND.

Quel est ce monstre détestable !

LA JALOUSIE.

Je suis la Jalousie, aux yeux toujours ouverts,
Pour voir tout de travers ;
Dans les maux que je fais, sont tous les maux en-
semble :
Les plus cruels tourmens n'ont rien qui leur res-
semble :
Je mêle à la fureur un poison douloureux,
Préparé dans l'Enfer pour mes seuls malheureux.

ROLAND.

O Dieux ! quelle est ma rage !

LA JALOUSIE.

J'aime à dompter l'intrépide Courage ;

Aux plus grands Cœurs je fais les plus grands
maux :
Et c'est l'honneur de mes travaux.

ROLAND.

Dépit cuifant, mortelle haine,
Donnez quelque trêve à ma peine.

LA JALOUSIE.

Que la Faveur à pleines mains
Verfe fur les Humains
Ses graces éclatantes :
Elles font impuiffantes
Pour calmer un efprit que je tiens agité ;
Nul repos où je fuis ne peut être goûté :
J'étouffe la raifon, j'aveugle la fageffe.

ROLAND.

Monftre, Furie, ou Déeffe,
Empêche-moi d'aimer ce qui ne m'aime pas.

LA JALOUSIE.

C'eft ton mal, & tu l'aimeras :

ACTE V.

Le Theatre represente un Bois; & dans l'enfoncement le Temple du Temps, qui ne doit paroître que dans la quatriéme Scene.

SCENE PREMIERE.

NEBELON, ASTOLFE, AIMON.

AIMON.

La douleur de Roland en fureur s'est changée.

NEBELON.

Est-il possible, Aimon,
Que ce Prince si sage ait perdu la raison ?
Qu'à ce point l'ait réduit son Amour outragée ?

AIMON.

Tout ce qu'à l'Empereur
On a conté de sa fureur,
Helas ! n'est que trop véritable ;
Rien ne peut éviter sa colere implacable :
Il court forcené par les champs,
Il ne connoît personne, ni lui-même :

Tout eſt Medor pour lui dans ſon tranſport ex-
    trême.

    La Jalouſie & ſes ſerpens
    Le livrent à la frénéſie,
    Qui ne lui laiſſe nul repos ;
  Et peu de jours termineront ſa vie.

N E B E L O N.

    Hélas ! c'étoit à ce Héros,
Que le Deſtin, jaloux de notre gloire ;
    Attacha la victoire.
    Du Ciel, dans ſes malheurs,
    Reverons la Juſtice.
Amour a fait ſon crime, Amour fait ſon ſuplice
    Au moins, pour calmer ſes douleurs,
Allons chercher & conſulter Meliſſe.

A I M O N.

Cette charmante Nymphe eſt la droite raiſon,
    C'eſt la ſageſſe même :
    Seule elle peut cauſer la guériſon
    D'un mal cauſé par un Amour extrême.

A S T O L F E.

    Un reméde excellent,
    Et peut-être l'unique :
    Ce ſeroit qu'Angelique

Quitât le beau Medor pour le brave Roland.
Mais ce reméde est difficile :
Pour toucher un cœur enchanté
Par la jeunesse & la beauté,
Que la valeur est inutile !
Vous cherchez la raison, helas !
Elle s'offroit par-tout, elle étoit importune ;
Elle a cedé le monde à la fortune,
Lasse de voir qu'on ne l'écoutoit pas :
On ne la trouve plus, que dans les solitudes.

NEBELON.

Il me semble que je la vois,
Pleine d'inquiétudes ;
Laissez-moi lui parler à l'ombre de ces Bois.

SCENE II.

ASTOLFE, AIMON.

AIMON.

IL n'est pas sûr qu'elle calme nos peines :
Un tourment amoureux
Ne guérit point par des paroles vaines ;
Pour éteindre l'Amour, il faut le rendre heu-
reux.

A S T O L F E.

Le Palais de la Sageſſe
Eſt ennuyeux à la Jeuneſſe;
Les Ris & les Jeux
Ne s'y plaiſent guere,
C'eſt le ſéjour d ſ maris & des meres.
S'il y vient quelqu'Amant,
C'eſt rarement :
Les Beautez s'y rendent à peine,
Les Deſirs y ſont à la géne;
Et ſans Amans, ſans Beautez, ſans Deſirs,
Pour la Jeuneſſe il n'eſt point de plaiſirs.

A I M O N.

Nul n'eſt heureux ſans la Sageſſe;
Pour vivre heureux, il la faut adorer.

A S T O L F E.

Nul n'eſt heureux par la Sageſſe;
Pour vivre heureux, il faut s'en ſéparer.

A I M O N.

Tu me charmes par-tout, adorable Sageſſe,
Je te ſuivrai ſans ceſſe.

Tous deux enſemble.

u $\left\{ \begin{array}{l} \text{me charmes} \\ \text{m'affliges} \end{array} \right\}$ par-tout, $\left\{ \begin{array}{l} \text{adorable Sageſſe;} \\ \text{importune Sageſſe,} \end{array} \right.$

Je te $\begin{Bmatrix} \text{suivrai} \\ \text{fuirai} \end{Bmatrix}$ $\begin{Bmatrix} \\ \end{Bmatrix}$ sans cesse.

SCENE III.

MELISSE, NEBELON, ASTOLFE, AIMON.

MELISSE.

Guérir par la raison un violent Amour,
Ce n'est pas l'ouvrage d'un jour ;
Le Dédain, un Dépit, des Rigueurs trop séveres,
Ont effacé des passions légeres.
Par les faveurs, même aux plus Amoureux,
Toujours finit l'Amour heureux ;
Mais pour un Amant véritable,
S'il voit changer le fort
Qui le rend misérable,
Ce n'est que par le Temps, quelquefois par la
Mort.

NEBELON.

Par le Temps ! ô l'espoir frivole !
Dans le malheur qui nous désole.

MELISSE.

Le Temps est le maître de tout ;

Par le Temps il n'eſt rien dont on ne vienne à
    bout.

L'Amour regne abſolu ſur tout ce qui reſpire ;
Mais le Temps tient l'Amour ſujet à ſon empire:
        Le Temps ſeul vous peut ſoulager ;
Peu d'Humains, il eſt vrai, ſavent le ménager;
Pour moi, je l'étudie, & l'obſerve ſans ceſſe,
        Je m'acommode à ſon humeur,
        Auſſi j'ai part à ſa faveur.
        Qu'il s'échape, qu'il diſparoiſſe,
Le Temps me voit toujours l'attendre ſans en-
    nui,
        Et toujours prête à changer comme lui ;
J'excuſe ſa lenteur, ou je ſuis ſa viteſſe.
        Son Temple eſt proche de ces lieux.

NEBELON.

Pourquoi le cacher aux yeux ?

MELISSE.

Vous allez voir le Temps avec toute ſa pompe;
        Vous allez voir entre ſes mains
Le Paſſé qui s'efface aux regards des Humains,
Le Préſent qui les fuit, l'Avenir qui les trompe.

SCENE IV.

LE TEMPS *avec les Saisons, les Heures, & toute
sa suite,* MELISSE, NEBELON, ASTOLFE
AIMON.

LE TEMPS.

C'Est peu d'ouvrir ici les yeux,
Il y faut apporter d'attentives oreilles ;
Mon savoir est profond, vaste, & mystérieux.
Le Temps seul peut du Temps découvrir les mer-
    veilles.
Du malheureux Martel Neveu brave & pieux, *a*
Tu vois dans le passé tes illustres Ayeux
Des Ayeux de ton Roi tirer leur origine ;
Je n'oserois finir cette race divine,
Moi qui mets fin à tout.

NEBELON.

Cependant, si j'en crois
Ce qu'en toi-même j'apperçois,
Deux siécles de mon Prince abolissent la race. *b*

---

*a Nebelon étoit fils de Childebrand, frere de Charles
Martel, & fut le cinquiéme ayeul de Hugues Capet.*
  *b Charles Martel étoit bâtard. & Childebrand lé-
gitime.*

LE TEMPS.

Ton Roi verra tous ſes jours triomphans ;
Mais la honte de ſes enfans
Méritera que je l'efface,
Et qu'au ſang le plus pur je rende enfin la place,
Bien loin d'anéantir un ſang victorieux,
Vois ce ſang épuré, ce ſang plus glorieux,
En toi renouveller une tige plus belle,
une tige éternelle.

NEBELON.

Quelle ſuite de Rois ſe préſente à mes yeux !
Quel éclat ! quelle gloire !
Mais entre tous ces Rois qui naiſſent de mon ſang,
Quel eſt celui qui tient le plus haut rang,
Et que je vois par-tout ſuivi de la Victoire ?
Quel éclat ! quelle gloire !

LE TEMPS.

En Louis ſeul tu vois
Le Modele parfait des Heros & des Rois.
Jamais Mortel n'aura le Temps plus favorable,
Pour lui ſeul complaiſant, pour lui ſeul im-
muable,
Mon vol devancera ſes vœux ;

Et pour faciliter ſes Exploits glorieux ;
  Je forcerai les Deſtinées.
Les momens ſeront jours, les jours ſeront années ;
Il ne ſera pour lui, ni neige, ni glaçons :
  Il ſe rendra l'Arbitre des Saiſons,
Et de ſon Regne illuſtre écartant tous obſtacles ;
Dix ſiécles ne ſauroient faire autant de miracles.

NEBELON.

Que vois-je ? juſte Ciel ! pour lui ſeul le Deſtin
Fait le pouvoir ſans borne, & le bonheur ſans fin.
Je le vois ſans égal dans la paix, dans la guerre,
Et plus grand que ſon nom qui remplira la Terre.
Pour fruit de ces travaux il éleve l'Honneur,
Et le Mérite exquis jouit de ſon bonheur.

LE TEMPS.

Porte plus loin tes yeux, découvre ſans nuages
D'un Avénir heureux les charmantes images.

MELISSE.

Le Temps nous rit, je le vois dans l'humeur
  Qui fait eſperer la faveur ;
  Parlez, ſon front eſt moins ſévéré :
Il faut prendre le Temps, quand le Temps eſt
  proſpere.
La guériſon d'un Amant,

Quand il le veut , ne dépend
Quelquefois que d'un moment.

NEBELON.

Du Monarque éternel sage & puissant Ministre. *

LE TEMPS.

Ne m'expose rien de sinistre.
Tournant mes yeux sur le passé ;
J'ay vû ce qui t'ameine , & Roland insensé.

Il s'adresse aux Heures.

Jeunes Beautez , sœurs inégales
En votre égalité ,
Dont les rigueurs , ou les graces fatales ,
Font des Humains l'heur , ou l'adversité
Bien que chacune aux tendresses d'un pere
Soit également chere ,
Le Destin de Roland , pour guérir sa fureur ,
Ordonne qu'une seule en emporte l'honneur.
Partez donc , Heure fortunée ,
Aux grandes choses destinée ;
Allez , courez , volez , je donne à vos momens
Ce qu'à peine j'accorde à la longueur des ans ;
Effacez Angelique , emploiez ma puissance ,
Et ne vous laissez pas devancer par l'absence !

* *Le Temps éxecute les ordres de Dieu.*

Dans le cœur de Roland, avant votre retour,

Faites regner la gloire, & banniffez l'Amour;

Terniffez, emportez ces Images charmantes,

Et féduifantes,

Ces fouvenirs flateurs & vains,

Qui reftent de fes feux, quand même ils font
éteints.

L'HEURE DU BERGER.

Si pour terminer fa fouffrance,

Les ans font des momens par ta Toute-puiffance,

Fais pour les heureufes Amours,

Qu'au moins les momens foient des
jours.

ASTOLFE.

N'empêche point, Heure agréable,

Que le Temps ne guériffe un Amant miférable;

J'en fais d'auffi fiers que Roland,

Qu'Amour poffede autant,

Et dont le mal eft incurable.

Les Saifons, les Mois, & les Heures inftruites par le Temps de la felicité du fiecle prefent, font le Balet, qui doit reprefenter les merveilles d'un Regne qui a tous les avantages de celui de Charlemagne, & qui promet de plus heureufes fuites.

Enfin le Chœur ferme le Théatre par où il a été ouvert, & l'on chante:

L'AMOUR, &c.

Victoire ! Victoire ! Victoire !
Que dans tout l'Empire François
On chante le plus grand des Rois,
Les siecles n'en sauroient effacer la mémoire.
Victoire ! Victoire ! Victoire !